FAUX SEMBLANTS

(Roman policier)

Copyright 2022, Philippe Bedei

Édition : BoD - Books on Demand, info@bod.fr
Impression : BoD - Books on Demand, In de Tarpen 42,
Norderstedt (Allemagne)
Impression à la demande

ISBN : 978-2-3224-3767-2

Dépôt légal : Juin 2022

FAUX SEMBLANTS

Philippe Bedei

NB : L'essentiel des évènements relatés dans ce roman se déroule à Marseille. L'auteur tient à préciser qu'en dehors de quelques lieux emblématiques de la ville, les noms des rues et des quartiers figurant dans ce roman sont totalement fictifs.

1) Bonne nuit les petits

Dans la charmante commune de Meudon-la-Forêt - l'une de celles qui font la réputation de l'ouest parisien – le temps était vraiment agréable en cette journée de juillet 1971. Une légère brise caressait les parterres de fleurs harmonieusement agencés par les services techniques de la ville. Les jardins privés n'étaient pas en reste, où s'entremêlaient rosiers, tournesols, hortensias et azalées, dans une symphonie de couleurs et de senteurs flattant les sens de chacun.

Pourtant, en cette belle après-midi d'été, un couple de retraités meudonnais n'avait pas le temps ni l'envie de s'attarder sur les beautés colorées de la nature. Monsieur et madame Chainier achevaient de boucler leurs valises, parfois en se regardant furtivement et mutuellement. Avaient-ils bien pris tout ce qui était nécessaire ? N'avaient-ils vraiment rien oublié, car demain matin lundi 12 juillet, il serait trop tard !

Monsieur Chainier reprit sa liste pense-bête et la relut une énième fois dans sa tête. À la fin de ce fébrile exercice, il enchaîna :

_ De ton côté, es-tu sûre d'avoir bien pris tout ce dont on va avoir besoin sur place ?

_ Mais oui, André, arrête de te biler. On ne part pas en Patagonie. On reste en France et Véronique pourra toujours nous dépanner s'il manque une serviette ou des kleenex.

_ C'est toi qui prends les billets ?

_ Si tu veux... si tu penses que c'est mieux, que ça peut te rassurer.

C'est sûr, Line Chainier, une petite femme rondelette et d'humeur plutôt joviale, était d'un tempérament moins inquiet que son époux. Pourtant, ce dernier, aujourd'hui à la retraite depuis deux ans, n'était pas un personnage falot. Il avait fait toute sa carrière à « Gaz de France » en terminant sous-directeur à la direction générale du personnel. Un poste significatif lui donnant l'occasion jusqu'à présent de vivre confortablement. Une situation qui lui avait même permis de déménager il y a cinq ans, pour acquérir un vaste pavillon aux formes harmonieuses, jouxtant la célèbre forêt domaniale de Meudon.

Après avoir pris trois semaines de congé du côté d'Arcachon, le mois précédent, le couple Chainier avait accepté l'invitation lancée par un couple d'amis – les Beaume – qui habitaient Cassis, à une trentaine de kilomètres de Marseille. Ce n'est pas que cette invitation les enchantât, mais c'était la deuxième fois que ces derniers les relançaient et ça devenait gênant de s'y soustraire. Madame Chainier, d'ailleurs, était finalement heureuse de revoir une région qu'elle avait appréciée dans sa jeunesse, mais c'est plutôt monsieur qui rechignait à quitter son Meudon « paradisiaque ».

« Et pour y faire quoi, tu veux me le dire ? Il fait trop chaud et c'est bourré de monde à cette période de l'année. Tu parles de vacances...et puis Véronique me saoule... » avait-il répété à son épouse avant de se résigner à faire les valises. C'était comme ça. Il savait que ses grommellements ne servaient à rien. Quand madame Chainier ne disait pas non, c'est que c'était un oui très probable.

Vers 17 heures de l'après-midi, tout était donc prêt. Il n'y avait plus qu'à se poser un peu, vaquer à ses occupations personnelles en attendant le dîner de 20 heures, la télé et le film du dimanche soir. Puis les Chainier iraient se coucher pour se lever assez tôt le lendemain lundi 12 juillet. Il ne fallait surtout pas le rater ce train n° 8214 en partance de la Gare de Lyon, à Paris vers celle de Nice via Lyon et Marseille Saint-Charles.

« *Arrête de te plaindre. N'oublie pas qu'on a pris deux billets de première classe. Tu seras un vrai coq en pâte…* » avait même rajouté madame Chainier. Cette dernière remarque n'était pas innocente. Monsieur Chainier, déjà corpulent du temps de son activité, avait encore grossi et il lui fallait désormais ses aises pour voyager.

Vers 17h10, alors que madame Chainier vaquait dans sa cuisine et que monsieur somnolait dans son fauteuil préféré, un léger bruit, comme un grattement, se fit entendre dans la maison. Monsieur Chainier ouvrit à moitié un œil et articula quelques mots pâteux : « *c'est toi, Line ?* » Personne ne lui répondit. Le retraité referma l'œil et replongea dans un demi-sommeil. Quelques minutes plus tard, de nouveau, un léger bruit, un craquement au sol cette fois-ci, se fit entendre qui réveilla un peu plus Chainier. « *He bien, c'est toi Line, qu'est-ce que tu fais ?…* »

Brusquement, de derrière lui, une main puissante lui plaqua un chiffon imbibé d'un produit à l'odeur caractéristique. Il tenta de se lever, mais une épaisse lanière le retint scotché sur son lourd fauteuil. Il tenta alors de se débattre en secouant sa tête frénétiquement, de droite à gauche, mais la main qui tenait le chiffon était large et forte et le produit chloroformant faisait déjà son œuvre. Au bout de quelques longues secondes de gesticulations, la tête de monsieur Chainier s'affaissa brusquement en avant, la bouche ouverte depuis que le mouchoir ne l'obstruait plus, les yeux clos, le corps pantelant...

Vers 17h30, monsieur Chainier se réveilla. Il était toujours retenu par la lanière qui le ceinturait et le maintenait au fauteuil. Ses jambes étaient également entravées par une corde épaisse. Surtout, sa bouche était scotchée par plusieurs adhésifs savamment placés. Il ne lui restait plus que le nez pour respirer et les yeux pour voir. Et que voyait-il à cet instant ? Non loin de lui se tenait son épouse, assise sur une chaise du salon, inconsciente encore semblait-il, maintenue à peu de chose près de la même façon que lui... et deux hommes, assez grands, de plus d'un mètre 80, qu'il n'avait, naturellement, jamais vus !

Ils étaient habillés comme des déménageurs, avec des vêtements souples aux couleurs neutres et des chaussures de sport. Les mains de l'un d'entre eux étaient puissantes et larges, des mains calleuses habituées aux travaux de force. Les deux intrus portaient un masque souple et léger ouvert aux yeux, au nez et à la bouche. La découpe en était si fine que cette protection ne pouvait les gêner ni dans leurs propos ni dans leur respiration.

À l'instant du réveil de monsieur Chainier, le plus fin des deux hommes le regarda fixement et commença à lui parler. Immédiatement, monsieur Chainier comprit que l'homme déguisait un peu sa voix et reconnut celle de « Nounours », marionnette de la courte série télévisée destinée aux enfants, juste avant qu'il ne soit l'heure pour eux d'aller se coucher.

_ Bonjour, monsieur Chainier, pom, pom pom pom[1]. Pour commencer, on va réveiller votre épouse qui s'est également endormie avec la poudre magique de mon copain…pom, pom, pom, pom… ça m'évitera de me répéter…

Le deuxième homme secoua légèrement madame Chainier qui en se réveillant ouvrit les yeux et comprit, elle aussi, en une fraction de seconde, que le couple était victime d'un braquage à domicile. Instinctivement, elle voulut crier, mais aucun son ne put sortir. Sa bouche était scotchée en tous sens. Elle ne pouvait que constater, les yeux effarés allant de droite à gauche, l'étendue des dégâts.

Celui qui parlait enchaîna :

_ He oui, pom, pom pom pom, les emm…ça n'arrive pas qu'aux autres… Je reconnais que vous n'avez pas de chance. Ce n'est pas votre pavillon qu'on voulait cambrioler initialement. On visait plutôt celui du début de la rue, encore plus attrayant que le votre. Mais que voulez-vous, pom, pom pom pom, vos voisins immédiats ont laissé deux mollosses. Ici, on peut travailler en toute tranquillité… et puis, vous êtes des retraités bien paisibles…vraiment du gâteau tout ça, pom, pom pom pom… nous n'avons plus qu'à nous servir et remplir notre petite camionnette garée jute devant chez vous… encore merci de votre obligeance…

Et le ballet du cambriolage commença. Les deux hommes semblaient très aguerris à ce genre d'exercice.

---

[1] Façon de s'exprimer de la marionnette « gros nounours » qui ponctuait ses phrases par ce type d'onomatopée

Celui qui avait parlé était souple comme un chat et d'une décontraction étonnante. L'autre, dans sa besogne, continuait de rester muet et ne répondait au premier nommé au mieux que par des signes de tête.

Les deux hommes allaient et venaient dans la maison qui était vaste, mais qui ne comprenait qu'un seul niveau d'habitation. C'était d'ailleurs pour cette raison que le couple avait « flashé » sur cette demeure située au calme, dans une zone très résidentielle qu'ils pourraient habiter même quand la grande vieillesse serait là. Celui des deux hommes qui parlait le remarqua également et entre deux rafles leur confirma

- Bien pratique, votre maison, pas d'escalier étroit ou tarabiscoté... On ne vous remerciera jamais assez de nous faciliter la tâche...

Mortifiés, les Chainier regardaient défiler une partie de leur vie au travers de tel ou tel objet qui s'en allait probablement définitivement. Rapidement chacune des deux victimes avait pensé « *Au moins, ils ne sont pas violents... on va perdre gros mais on est assuré...* » se rassurant finalement comme ils pouvaient. Et puis soudain monsieur s'inquiéta et pensa « *Et s'ils nous laissaient comme ça après leur départ ? Qui pourra nous délivrer de nos liens... je ne respire, déjà, plus très bien... on va crever, oui... c'est quasiment sûr...* »

De grosses gouttes de sueur commençaient à perler sur son front et ses yeux écarquillés faisaient, déjà, bien ressortir à autrui le début de panique qui le prenait. Celui des deux malfaiteurs qui parlait le remarqua et enchaîna rapidement.

_ Ne paniquez pas... on est des gentils, je vous l'ai déjà dit...

Après avoir quitté votre charmante maison, on téléphonera aux flics une heure après notre départ pour qu'ils puissent vous délivrer. On laissera la porte ouverte, comme elle l'était d'ailleurs quand nous sommes entrés, ce n'est pas très prudent ça... en tout cas, il ne sera pas nécessaire de la défoncer... ce sera toujours ça de gagné...et vous n'aurez même pas besoin de changer votre serrure puisqu'on ne l'a pas forcée. Bref, un casse paisible, limite rassurant...

Cet homme était vraiment infernal. Non seulement il les dépouillait sans vergogne, mais il se complaisait dans un humour provoquant qui finalement agaçait le couple au plus haut point. Au bout d'un certain temps, la même pensée leur vint à l'esprit. *« De toute façon, il n'y a rien à faire, il n'y a plus qu'à attendre qu'ils déguerpissent et qu'on fasse l'inventaire de ce qui nous reste »*

Arrivés sur place vers 17 heures, les deux hommes avaient quitté les lieux calmement vers 18h30. La maison s'était vidée de beaux objets de collection, vases, lithographies et une petite toile d'artiste en devenir. Le matériel de loisirs avait été également récupéré, telle la télévision grand écran, achetée récemment, et le lecteur de cassettes vidéo. Enfin main basse avait été faite sur l'argent liquide trouvé sur place. Naturellement, les portefeuilles du couple avaient été emportés ainsi que leurs papiers d'identité et la carte bleue de monsieur Chainier. En revanche, ces hommes ne lui avaient pas extorqué le code secret de la carte et rien n'avait été endommagé sur place.

De ce seul point de vue, ces malfaiteurs étaient restés « corrects » si tant est que cette expression ait du sens en ce sombre dimanche qui venait bouleverser leur vie paisible.

Une fois les voleurs partis, le couple commença à se démener pour tenter de desserrer les liens qui les entravaient mais l'exercice s'annonçait long et peut-être même périlleux. S'ils tombaient de leurs sièges, ne disposant pas de leurs mains pour amortir le choc, cette aventure, déjà douloureuse, pouvait encore empirer avec cette fois-ci de graves blessures au visage ou à la tête. Alors, d'un commun accord ratifié par deux hochements de tête mutuels, ils attendirent. Après tout, peut-être que les cambrioleurs n'avaient pas menti. La police viendrait sans doute les délivrer rapidement de ce cauchemar.

Vers 19 heures 15, effectivement, du brouhaha se fit entendre dans leur jardin situé devant la maison. Bientôt, deux policiers en civil entrèrent dans la maison en constatant qu'on ne leur avait pas menti au téléphone. Il y avait bien un couple qui s'était fait « saucissonner » au 9 de la rue Jacquier, un couple échevelé, aux teints rougeauds, « lessivé » de cette épopée qui les avait tant oppressés.

Enfin libres, monsieur et madame Chainier purent ainsi faire leur déclaration. Ils avaient tant à dire. Pourtant, au beau milieu de l'une de leurs explications, monsieur Chainier se surprit à avoir cette (mauvaise ?) pensée « *Au moins, on n'ira pas à Marseille...* »

2) Mise à nu

Monsieur Francis Delcourt habite au 7 de la rue Cadet, dans le IXème arrondissement de Paris. Un petit immeuble coquet de cinq étages dont la façade légèrement décrépie et d'un jaune un peu passé aurait sans doute mérité un minimum de ravalement. De fait, faisant partie du conseil de copropriété, il ne s'y était pas opposé quand certains avaient mis cette question à l'ordre du jour. Mais ce n'était pas si simple. Dans une « copro », quand certains veulent entreprendre des travaux dans les parties communes, il y a toujours, au moins, un propriétaire qui n'est pas d'accord. Après quelques semaines de discussions plus ou moins stériles, monsieur Delcourt s'était en définitive désintéressé du sujet.

D'autant qu'en cette belle matinée du 12 juillet 1971, il avait d'autres choses en tête et se montrait même légèrement stressé. Son train pour Marseille partait de Paris gare de Lyon à 10h30 et il voulait naturellement se donner un peu de marge. Il savait qu'en prenant le métro à la station « Cadet », à cent mètres de son domicile, il mettrait 30 à 35 minutes pour rejoindre la gare de Lyon en changeant une seule fois à Palais Royal. Dès lors, il s'était décidé à quitter son domicile à 9h15 précises. Concernant le voyage « grande ligne », n'aimant pas trop la promiscuité d'autrui, monsieur Delcourt avait déjà son billet A-R de première classe. Si le métro fonctionnait normalement, il aurait même sans doute le temps de prendre un café au buffet de la gare.

Monsieur Delcourt était un célibataire de 39 ans qui vivait seul, du moins à ce jour. De taille moyenne, il faisait très attention à son look extérieur.

Blond décoloré, parfaitement manucuré, mangeant peu pour soigner sa silhouette, il était « représentant » en parfumerie, pour le compte d'une grande marque parisienne.

Pourquoi devait-il se rendre à Marseille ? Pour rendre visite à sa sœur cadette Liliane, qui habitait Aubagne à quelques kilomètres de la capitale phocéenne. Tous les ans, à la même époque, le frère et la sœur avaient pris l'habitude de passer une semaine ensemble, une fois chez l'un, une fois chez l'autre. Bien qu'éloignés l'un de l'autre, ils maintenaient ainsi un minimum de liens familiaux. Leurs parents vivaient encore, mais s'étaient retirés en Bretagne, du côté de Redon précisément. Le contact entre eux n'était pas rompu grâce au téléphone. Mais désormais, les parents de Francis ne faisaient plus le voyage sur Paris, encore moins du côté d'Aubagne. Il y a deux ans, Liliane avait passé cependant quelques jours à Redon…

À 9h15 précise, monsieur Delcourt quitta son domicile pour se rendre à la gare de Lyon. Il faisait déjà très beau et la matinée s'annonçait agréable. Svelte et leste, il prit son métro à Cadet, ligne 7, en direction de sa correspondance. Plus les stations défilaient, plus la rame s'engorgeait de touristes anglo-saxons qu'on devinait à leurs accents sonores si particuliers. À Palais-Royal, monsieur Delcourt eut même du mal à descendre de son métro. Cette cohue bigarrée, pourtant habituelle l'été à Paris, l'agaçait fortement. Il n'aimait pas qu'on le serre de près, qu'on froisse ses vêtements, sentir les odeurs populaires du métro parisien ou certains parfums bon marché.

Une fois sur la ligne 1 qui le menait à la gare de Lyon, le reste du voyage fut plus agréable. On respirait enfin et la promiscuité était bien moins forte.

Comme prévu, quand il descendit de son métro, il regarda sa montre qui indiquait 9h42. Il lui restait donc cinquante minutes de battement pour boire paisiblement son café avant de prendre place dans le train de Nice qui allait l'emmener sur Marseille. Parvenu dans la cour réservée aux « grandes lignes », il sortit son porte-monnaie pour acheter un magazine puis s'installa en terrasse au buffet de la gare. En attendant d'être servi, il commença à feuilleter négligemment son magazine puis pensa à regarder une dernière fois son billet A-R de voyage, une ultime précaution chez tout voyageur qui se respecte.

Il remonta la main droite vers la poche intérieure gauche de son veston pour prendre son portefeuille, dans lequel se trouvait son billet, mais celle-ci ne rencontra que du vide !!! En un instant, monsieur Delcourt comprit qu'il allait passer une journée difficile. Ce veston avait deux poches intérieures. L'une, celle de gauche, réceptionnait « toujours » son portefeuille et ses papiers d'identité. L'autre, celle de droite, ne lui servait que pour ranger des mini Kleenex pour son hygiène personnelle. *« Mon portefeuille… mon dieu, mon portefeuille…j'ai perdu mon portefeuille et mon billet… ce n'est pas possible… pas maintenant, pas aujourd'hui… »*

Il se palpa dans tous les sens pendant une quinzaine de secondes, ne se résolvant pas à admettre cette évidence : Il n'avait plus de portefeuille, perdu ou probablement volé par un pickpocket qu'il avait dû croiser en chemin. Presque contre son gré, il chercha à localiser le moment où cela avait dû se passer. *« Bon dieu, c'est à Palais-Royal… je me rappelle maintenant. Ce butor costaud qui m'a bousculé sans ménagement en descendant du métro et qui ne s'est même pas excusé.*

D'office, le nouvel arrivant déposa sa serviette dans un filet placé au-dessus de sa place et s'installa en face de monsieur Pietroni, côté compartiment. C'était un homme plutôt jeune semble-t-il, car son physique était assez indéfinissable. Grand, mince et bien bâti, sa tête interrogeait. On aurait presque dit qu'il s'était maquillé les yeux pour se donner un regard félin.

« *Curieux bonhomme* » pensa immédiatement monsieur Pietroni qui était au contraire un homme carré, au physique un peu ingrat, à la calvitie déjà prononcée. Mais sans avoir le moins du monde de regard félin, il avait l'œil vif du maquignon habitué à jauger rapidement ce qu'on lui présentait.

Titillé par cette arrivée tardive, c'est monsieur Pietroni qui engagea le premier la conversation.

_ He bien, dites donc, il s'en est fallu de peu que vous ne ratiez votre train ?

L'autre le regarda brièvement, lui sourit et lui fit une réponse qui plut tout de suite à monsieur Pietroni tant le timbre de sa voix était chaud et engageant.

_ Oh, non, ne croyez pas cela. Cela faisait déjà un petit moment que j'étais dans le train. J'ai simplement rencontré une connaissance et nous avons pris le temps de bavarder quelques minutes.

_ Oh là, peuchère, vous… vous n'êtes pas de Marseille. Vous n'avez vraiment pas l'accent d'un méridional.

_ Vous avez raison. Je suis un vrai tourangeau qui tente d'exercer son métier à Paris et en région parisienne.

_ Laissez-moi deviner. Je m'y connais en profil professionnel. Vous ne seriez pas un VRP par hasard ?

_ Je suis très impressionné. Vous m'avez rapidement deviné. Effectivement, je place de belles « sportives » pour de grands patrons d'industrie.

À ces mots, monsieur Pietroni ne put s'empêcher de se rengorger.

_ He oui, que voulez-vous. Mon propre métier me conduit à me retrouver fréquemment en face de personnes très différentes. Je dois à chaque fois tenter d'adapter mon propos à la personnalité que je pense avoir en face de moi. C'est même devenu un jeu pour moi.

_ Ah, diable, dites donc, je suis tombé sur une forte personnalité. Vous excitez ma curiosité. Quel est donc votre métier, monsieur… monsieur qui d'ailleurs ?… vous n'êtes quand même pas un homme politique de renom ?

_ Non, rassurez-vous. Je ne suis qu'un homme d'affaires qui œuvre très majoritairement dans l'immobilier, la promotion, la construction, la rénovation…. enfin tout ce qui touche à l'immobilier au sens large dirons-nous… Le siège de ma société – la HCPI - est à Marseille et j'en suis le PDG, monsieur Ange Pietroni pour vous servir…

Rapidement, heureux de n'être que deux dans un espace confortable, séduits de leurs personnalités respectives, les deux hommes se mirent à se parler comme s'ils se connaissaient de longue date. C'est ainsi que monsieur Pietroni apprit que son interlocuteur s'appelait Francis Delcourt, qu'il habitait à Paris dans le très chic XVIème arrondissement, là où résidaient de nombreux grands patrons d'industrie. Il tentait de leur vendre de magnifiques cabriolets à des prix cassés. Comment parvenait-il à faire baisser les prix ? Tout simplement en proposant parallèlement de renouveler une partie du parc automobile de l'entreprise tout en rachetant les voitures remplacées au prix du marché.

Plus l'entreprise changeait de voitures, plus la remise sur celle que convoiterait le grand patron était significative. Trois nouvelles voitures ainsi achetées passées dans les frais officiels de transport de l'entreprise occasionnaient une remise de 40 à 50% sur le prix du cabriolet de luxe vendu au grand patron à titre privé. Dès lors que le véhicule ainsi acquis restait propriété de l'entreprise, cette transaction s'avérait parfaitement légale et nombre de clients semblaient apprécier le montage proposé. Bientôt, monsieur Pietroni se montra lui-même intéressé, autant par curiosité que par souci de faire une affaire à titre personnel. Il enchaîna.

_ Vous m'avez dit que vous aviez sur vous des photos des voitures que vous vendez de cette façon. Vous pouvez m'en montrer quelques-unes ?

_ Mais naturellement, monsieur Pietroni, j'en ai ici même un échantillon que j'ai déposé dans ma serviette. Je vais vous montrer ça…

Monsieur Delcourt se leva, se mit devant monsieur Pietroni et voulut prendre sa serviette légèrement de dos à l'aide de sa main droite. Un geste qu'il ne parvint pas à maîtriser complètement. Il chancela en avant, s'appuyant brièvement sur l'épaule droite de monsieur Pietroni, avant de s'excuser, de se ressaisir et de récupérer sa serviette.

Il était alors 11 heures. Selon les habitudes ferroviaires de la ligne, le contrôleur des billets passerait dans les compartiments à compter de 11h20. Entre-temps, monsieur Delcourt montra quelques photos des beaux cabriolets qu'il vendait. Des sportives étrangères aux couleurs vives, aux lignes épurées, aux designs originaux. Monsieur Pietroni sembla intéressé sans que l'on sache si c'était par politesse ou bien s'il l'était réellement. Il aimait bien parader, mais la voiture n'était pas son symbole de réussite préféré. Il était davantage sensible à son environnement de travail. Il aimait prendre ses aises au dernier étage de son immeuble personnel où trônait un magnifique bureau de cuir extra large, une immense « baie vitrée », trois téléphones, deux interphones design et des plantes vertes un peu partout. Il avait réussi et voulait que le visiteur s'en rende compte.

Vers 11h10, monsieur Delcourt annonça à monsieur Pietroni qu'il venait de se rappeler qu'il avait donné rendez-vous à son ami de rencontre vers 11h15 dans une des voitures de seconde. Après s'être excusé, il précisa même son propos en faisant son œil de velours.

_ De vous à moi, monsieur Pietroni, je préférerais rester en votre compagnie. J'ai le sentiment que nous pourrions, peut-être, trouver un terrain d'entente. D'ailleurs, je ne compte m'absenter qu'un petit quart d'heure. De toute façon, on a du temps devant nous, on pourra reparler de tout ça après ma petite escapade…

Sur ces entrefaites, monsieur Delcourt prit sa serviette et quitta le compartiment. Il ouvrit la porte latérale du compartiment et fit un petit geste amical à monsieur Pietroni, le gratifiant au passage d'un sourire de jeune premier, particulièrement amène. Monsieur Pietroni lui fit un petit geste de la main, tout en lui souriant pareillement. Mais juste au moment où il allait détourner son regard, il « crut » voir l'œil gauche de monsieur Delcourt s'assombrir comme si c'était devenu une bille d'acier. Monsieur Pietroni eut un léger mouvement de surprise et eut même le temps de penser « *un effet de lumière sans doute. Curieux type quand même, sympa mais curieux…* »

À 11h40, la portière latérale du compartiment se mit à coulisser de nouveau et monsieur Pietroni leva la tête. « *Billet, je vous prie, monsieur* ». C'était le contrôleur qui passait faire son travail. Monsieur Pietroni s'exécuta l'air soucieux et entama une conversation avec le préposé de la SNCF.

_ Pardon monsieur, je m'excuse de vous poser cette question, mais nous étions deux voyageurs dans ce compartiment, il y a une petite demi-heure. Un homme qui m'a dit qu'il allait discuter quelques instants avec l'un de ses amis rencontrés juste avant le départ du train. Je suis assez surpris qu'il ne soit pas revenu. Il m'avait laissé entendre qu'il n'en avait que pour quelques minutes.

_ (le contrôleur surpris) ah, bon ? C'est curieux ce que vous me dites là. Parce que normalement quatre personnes avaient réservé une place dans ce compartiment. Trois d'entre elles n'ont finalement pas pris ce train dont une qui a prévenu la SNCF ce matin même. On lui aurait volé son portefeuille !

_ Ah... c'est curieux en effet. Pourtant, je vous assure que j'ai bien discuté tout à l'heure avec un homme, un représentant en voiture de luxe, un certain monsieur Delcourt... Francis Delcourt...

_ Delcourt vous dites ? Attendez voir.... oui, c'est exact. Monsieur Delcourt devait bien prendre ce train ce matin et même ce compartiment. Il avait réservé la place 64, celle-ci précisément...

_ Alors, vous voyez bien ?

_ Sauf que c'est justement monsieur Delcourt qui nous a appelé ce matin pour nous dire qu'il ne pourrait prendre le train puisqu'il n'avait plus ni papiers ni billets en venant à la gare !

À ces derniers mots, monsieur Pietroni pensa immédiatement dans sa tête « *Qu'est-ce que c'est que cette histoire ? Un escroc qui voulait m'avoir ou quoi ?* » Machinalement il tata sa poche intérieure de veston. Son portefeuille était bien à sa place. Il le compulsa. Tout était là. On ne lui avait rien volé. Il reprit la conversation avec le contrôleur.

_ Mais enfin c'est insensé ! J'ai parlé plus d'une demi-heure avec ce gars. Il est forcément dans le train. Vous avez fini de contrôler tous les passagers ?

_ Il est comment votre passager ? Grand, petit ? Il est habillé comment ?

La réflexion du contrôleur était sensée. Il fallait commencer par le commencement et monsieur Pietroni décrivit très précisément la personne avec qui il avait passé une partie de la matinée. Une fois la description terminée, le contrôleur précisa sa pensée.

_ Bien, voilà ce que je vais faire. J'en ai encore pour une petite demi-heure pour terminer le contrôle de tous les voyageurs. Ensuite, je referai un tour pour vérifier si une personne ressemblant à votre inconnu est dans le train. Je reviendrai alors vous voir pour vous faire part du résultat de cette recherche. C'est tout ce que je peux faire pour vous, monsieur ... voyons...Pietroni, c'est bien cela ?

_ Oui, oui... je vous remercie monsieur le contrôleur. Vous savez, je suis un homme d'affaires respecté et respectable. Bien que Marseillais je n'ai pas l'habitude de faire ce genre de farce. Je vous jure qu'un homme était bien dans ce compartiment quand le train est parti.

_ Bah, ne vous en faites pas. Je vous crois naturellement. On va le retrouver votre homme invisible. À tout à l'heure, sans faute...

Le contrôleur parti, monsieur Pietroni se gratta la tête en maugréant un peu « *homme invisible... homme invisible...il me croit pas ce c... là... c'est pas possible... qu'est ce que c'est que cette histoire de fadas. On me prend pour une bille ou quoi...* ».

Trois quarts d'heures plus tard, le contrôleur repassa dans le compartiment de monsieur Pietroni pour lui confirmer ce que ce dernier pressentait. Le gars des voitures de luxe s'était évaporé. Il n'avait vu personne ressemblant de près ou de loin à la description qu'il en avait fait au contrôleur et tout le monde avait présenté son billet de voyage.

Personne n'était en infraction. En repartant le contrôleur proposa même un scenario.

_ Écoutez monsieur Pietroni, je pense que quelqu'un de Marseille a voulu vous faire une farce. Il s'est grimé de la façon dont vous me l'avez décrit et il ne se manifestera désormais que sur le quai. C'est votre anniversaire aujourd'hui ?

_ Non, pas du tout… j'ai signé hier après-midi un gros contrat juteux, c'est peut-être cela que mes collaborateurs ont voulu fêter à leur manière, mais si c'est le cas, je vous avoue que je n'apprécie pas cette comédie. Ils m'entendront et pas qu'un peu…

Sur ces entrefaites, les deux hommes se séparèrent. Le contrôleur en mode mi amusé mi-perplexe, Pietroni franchement boudeur (*« p…, si c'est ça, ça va gueuler dès ce soir… »*). Il continua de pester un bon moment jusqu'à ce que vers 14 heures, il finisse par s'assoupir légèrement, l'œil restant aux aguets *« il ne s'agit pas que je loupe Marseille maintenant, ce serait le bouquet »*

« Marseille Saint-Charles, Marseille Saint-Charles, le train 8214 en provenance de Paris à destination de Nice via les gares de Lyon Part-Dieu et Marseille Saint-Charles entre en gare de Marseille, voie 15. Arrêt de dix minutes. Les voyageurs dont le terminus est à Marseille sont priés de descendre du train 8214, voie 15 et prendre le quai B1 jusqu'à la sortie, je répète… »

Vers 16h55, Monsieur Charles Pietroni, mallette en main, descendit du train. Durant tout le voyage, il avait quand même espéré que ce monsieur Delcourt se serait représenté à lui. Mais peine perdue. Il était resté seul dans son compartiment, avait été aux toilettes, mangé un sandwich au wagon-bar, avait un peu déambulé dans les couloirs de trois wagons. Il n'y avait vu que des gens anodins ou des enfants bruyants et dissipés. De guerre lasse, il était rentré dans son compartiment, s'était affalé dans son fauteuil en maugréant une dernière fois « *Oh, et puis m… après tout…* »

Il descendit du quai et marcha jusqu'au début de celui-ci. Il y avait du monde pour attendre les voyageurs, des familles, des hommes portant des pancartes pour se faire repérer des voyageurs qui étaient pris en charge. Monsieur Pietroni, qui avait été dans la gêne financière autrefois, en avait gardé le sens de l'économie. Il avait juste prévu de prendre un simple taxi qui l'amènerait chez lui sur les hauteurs de Marseille… En se rapprochant du début du quai, il vit trois hommes habillés en civil qui semblaient le regarder fixement, une photo à la main. En s'avançant vers eux, monsieur Pietroni pensa mi-amusé, mi-inquiet « *Je suis bien attendu, mais c'est pas mes gars ça. Allons bon, qu'est-ce qu'ils me veulent ceux-là, une déposition peut-être…* »

4) Le contrat

Quelques heures plus tôt, à 11h25, en cette belle journée de juillet, à Marseille.

_ Allo, oui, commissariat du 7ème je vous écoute ? (…)

_ oui… oui… je vois… oui… effectivement… c'est plutôt inquiétant… Pouvez-vous me préciser votre adresse et l'identité de votre patronne ? Vous-même, vous êtes monsieur ? (…)

_ Merci. On envoie une équipe chez cette personne. Nous serons sur place dans quelques minutes, une demi-heure tout au plus… (…) je vous en prie… et restez calme…

Après que le préposé eut fait son rapport au brigadier de service, une équipe de deux policiers dont un en civil se rendit à l'adresse indiquée par la personne qui venait d'exprimer une forte inquiétude. La voiture balisée de la police, gyrophare allumé, se rendit à l'adresse indiquée. Celle-ci donnait sur les hauteurs de Marseille, en plein quartier résidentiel du « Roucas blanc » dans le VIIème arrondissement, l'un des quartiers les plus huppés de la cité phocéenne.

Vingt minutes plus tard, la police rendue sur les lieux sonnait à la grille d'entrée d'une magnifique résidence nichée sur les hauteurs de la ville. De l'endroit où l'on se situait, on pouvait contempler les merveilles de la côte, le quartier de la Corniche, les différentes îles, leurs forts, leurs châteaux et la mer naturellement, à perte de vue.

Les policiers n'eurent pas besoin de sonner. Un homme mince, au visage parcheminé et à l'air raide descendit avec hâte les marches en marbre blanc d'un perron s'avançant devant la résidence. Avant même qu'il n'ait ouvert la grille d'entrée, il commença son récit.

_ Bonjour messieurs, merci d'être venu. Quelle histoire, quelle catastrophe... (Puis désignant un petit chien) voilà le « berger shetland » de madame Pietroni, avec qui elle est partie se promener ce matin, vers 10h30. Il est nettement plus de midi. Le chien est rentré tout seul, il y a une demi-heure environ et depuis plus aucune nouvelle de madame...

_ A-t-elle l'habitude de se promener avec son chien ?

_ Tous les deux jours, madame part faire un tour vers 10h30 et revient 25 à 30 minutes plus tard. Vous vous rendez compte ? (l'homme regarda sa montre) Il est plus de midi. Cela fait longtemps qu'elle devrait être rentrée ! Et monsieur qui doit revenir aujourd'hui même de Paris ? On l'attend en fin d'après-midi. Comment lui annoncer cette disparition inexplicable ?

_ Dans quel coin a-t-elle l'habitude de se promener ?

_ Je l'ignore. Je pense qu'elle longe la corniche. Je l'ai entendue parfois parler de l'anse de la « Fausse monnaie ».

_ Bien. Avec mon collègue, on va regarder les lieux où elle aurait pu aller. Peut-être s'est-elle blessée et qu'elle ne peut plus rentrer toute seule ?

_ Mais des gens l'auraient vue et l'auraient secourue...

_ Ça dépend. Peut-être a-t-elle voulu emprunter un passage difficile ? elle a pu chuter également de quelques mètres. On va y aller.

Restez sur place, on va revenir avec ou sans elle... Prévenez le commissariat du 7ème si entre-temps, cette personne se remanifeste. Ils nous informeront...

Les deux policiers se mirent en quête de la disparue. Ils partirent chacun dans deux directions opposées en se donnant rendez-vous au plus tard dans une demi-heure. Vingt minutes plus tard, en longeant la corniche du côté de la « Fausse monnaie », l'un des policiers se pencha au-dessus d'une falaise rocheuse d'environ 15 mètres de haut. En contrebas de celle-ci, il lui sembla voir quelque chose d'anormal. En se tordant un peu le cou, il vit d'abord une jambe recroquevillée et ensanglantée. En se postant à un autre endroit, il vit cette fois-ci un bras sortir d'une ornière rocheuse.

Pas de doute, un homme ou une femme était tombé et se trouvait probablement dans un sale état 15 mètres plus bas. Le policier comprit tout de suite qu'on ne pourrait récupérer le corps que par un bateau s'approchant au plus près de la côte. Il prévint son collègue par « talkie-walkie » de le retrouver à l'endroit d'où l'on pouvait voir le bout de corps meurtri par la falaise. Une fois les policiers réunis, l'un d'entre eux resta sur place pour surveiller que personne ne tente d'enlever le corps de là où il gisait. L'autre se précipita dans la voiture pour transmettre l'ordre de diligenter rapidement une brigade maritime. C'est à ce moment qu'il apprit lui-même que deux témoins s'étaient présentés vers 11h30 au commissariat.

Un couple qui avait déclaré avoir vu un homicide sur une femme promenant son chien dans la zone où les deux policiers se trouvaient.

Un homme aurait poussé brutalement une femme dans le vide et se serait enfui très vite en moto !

À 13 heures 30, le corps sans vie de la personne qui s'était écrasée en contrebas de la corniche fut enfin identifié. Il s'agissait bien d'une femme d'une bonne cinquantaine d'années. Prévenu téléphoniquement par le majordome, le fils de la défunte, un certain Jérôme Duroc, s'était mis en rapport avec la police et s'était rendu sur place. Profondément abattu, il avait formellement identifié le cadavre abîmé de sa mère, madame Angela Pietroni née Daimler. Elle était l'épouse d'un certain Ange Pietroni, PDG d'une grosse société immobilière de Marseille.

Vers 14h30, le commissariat du 7ème arrondissement reçut un nouvel appel. À l'autre bout du fil, une voix nasillarde se fit entendre, une voix incontestablement trafiquée, non naturelle de toute évidence.

_ Allo, commissariat du VIIème arrondissement ?

_ Oui, je vous écoute…

_ Cet après-midi vers 17 heures entrera en gare de Marseille le train 8214 en provenance de Paris. Monsieur Ange Pietroni en descendra. C'est un homme d'affaires véreux qui cache bien trop de choses à la police. Fouillez-le et vous ne serez pas déçu de ce que vous pourrez trouver. Et faites attention, c'est un homme dangereux…

_ Qui êtes-vous ?

_ Cela n'a aucune importance. Sans doute, quelqu'un qui n'aime pas ce fourbe de Pietroni… mais surtout n'oubliez pas, fouillez-le bien (clic)

Le préposé fit son compte-rendu à sa hiérarchie. Une affaire curieuse était en train de naître dans les locaux de la Police du 7ème. On regarda l'heure. On avait le temps de retourner chez les Pietroni pour demander une photo du mari. À 16h30, trois policiers en civil se présentèrent à la gare Saint-Charles. Il n'y avait plus qu'à attendre ce fameux monsieur Pietroni au début du quai, sa photo en main. Les policiers sur place étaient à la fois graves, circonspects et excités. Dans leurs têtes, chacun pensait à peu près la même chose « *Dans quelle histoire, on s'embarque là…* »

5) Faits et in(certitudes)

Vers 17 heures, à la gare Saint-Charles de Marseille, marchant vers le début du quai B1, un homme plutôt « court sur pattes », au visage rond et renfrogné, s'avança vers trois hommes qui semblaient l'attendre, une photo à la main. L'un de ceux qui stationnaient bloqua le voyageur d'un geste de la main.

_ Monsieur Pietroni ? Ange Pietroni ?

_ Oui, c'est moi, que me voulez-vous messieurs ?

_ Nous sommes de la Police nationale (*ils montrèrent tous les trois leur carte professionnelle*) et nous avons quelques questions à vous poser.

_ La police ? Qu'est-ce qui se passe ?

_ Une affaire délicate nous conduit devant vous, monsieur. Si vous voulez bien nous suivre dans une des salles privées de la gare réservée à cet effet. Cela ne devrait pas être bien long.

_ Bien, bon ben, je vous suis messieurs... je ne comprends pas très bien mais je vous suis.

Les quatre hommes se rendirent dans un local de la gare, en dehors de la foule qui se pressait dans la zone d'arrivée des grandes lignes. Sur place, l'un des inspecteurs le palpa dans tous les sens. Durant tout ce temps de fouille, monsieur Pietroni montrait un visage interloqué, voire furibard. Au bout d'une minute de palpation et de vérification de ses papiers, il ne put s'empêcher de dire : « *mais enfin, allez-vous me dire à quoi tout ceci rime ?* » Personne ne lui répondit.

Au bout de deux minutes de fouille serrée au corps, celui qui le palpait ne trouva rien de particulier excepté une petite feuille blanche dans la poche de poitrine du veston de monsieur Pietroni.

_ Pourquoi une feuille blanche dans votre veston ?

_ Je n'en sais rien. Je ne savais même pas que j'avais ce bout de papier sur moi. C'est un bout de papier, c'est tout...

L'un des trois policiers saisit alors le document et le présenta à l'éclat d'un luminaire de la pièce. Il l'examina une dizaine de secondes puis se retourna vers les trois autres, en attente d'une information peut-être majeure.

_ Je ne peux lire ce qu'il y a d'inscrit, mais je parierais ma paye qu'il y a quelque chose d'écrit à l'encre sympathique sur ce bout de papier. À ces mots, celui qui semblait le responsable de l'équipe policière rajouta.

_ Bien, on vous emmène avec nous, monsieur Pietroni. On va vérifier si ce document contient bien un message. Si c'est le cas, et selon ce qu'on trouvera, on vous gardera ou on vous relâchera avec toutes nos excuses.

_ Je ne comprends rien à toute cette histoire. Pourquoi êtes-vous persuadés qu'il y a un truc d'écrit sur ce bout de papier. Tout ceci est absurde...

_ Je comprends votre impatience, monsieur Pietroni. Mais le commissariat n'est pas loin. Nous ne serons pas longs...

_ Permettez-moi au moins de téléphoner à mon épouse. Elle va s'inquiéter si elle ne me voit pas rentrer à la maison.

_ Je vous assure que ce ne sera pas long. Quant à votre épouse, je ne pense pas qu'elle s'inquiétera pour une heure de retard... Allons, il faut y aller maintenant...

Quelques minutes plus tard, au commissariat du VIIème arrondissement, on remit le papier au spécialiste de service, en charge d'élucider les problèmes de cette nature. Rapidement ce dernier annonça aux trois autres qu'il s'agissait bien d'un message écrit à l'encre thermosensible. Après avoir placé le document dans un mini-congélateur, le texte se révéla en une dizaine de minutes. Le premier des inspecteurs le lut avec une certaine fébrilité. « *Confirmation à Alfa. Définitivement le 12 juillet, au plus tard à midi. A P* »

Les trois policiers se retournèrent d'un seul mouvement vers Pietroni. Celui qui semblait le plus gradé enchaîna alors une salve de questions au patron marseillais, dont l'air ahuri semblait vraiment sincère.

_ C'est vous qui avez écrit cela ?

_ Bien sûr que non. Je ne sais même pas de quoi on parle.

_ Pourtant, c'est signé de vos initiales ?

_ Écoutez, ne soyez pas ridicule. Quelqu'un aura glissé ce papier à mon insu.

_ Ne soyez pas si affirmatif. Déjà on va procéder à une étude graphologique, soyez-en persuadé. Qui est Alfa ?

_ Mais vous êtes têtu, vous. Je vous dis que je ne comprends rien à ce texte...

_ Un ordre est donné sur ce papier pour qu'il se passe quelque chose aujourd'hui avant midi. Avez-vous une idée de ce qui a bien pu arriver dans votre entourage, aujourd'hui, dans la matinée ?

_ Écoutez monsieur l'inspecteur. Vous êtes encore plus têtu que mon épouse. Je ne peux rien vous dire concernant ce texte et ce papier au motif majeur que j'ignore pourquoi il s'est retrouvé dans ma po... (*à ce moment précis, monsieur Pietroni se rappela soudain son voyageur invisible qui s'était appuyé sur lui l'espace d'un bref instant*) **attendez, attendez, j'ai peut-être quelque chose pour vous.**

_ Ah, vous voyez bien monsieur Pietroni... un petit souvenir vous revient. De quoi s'agit-il ?

_ Je me rappelle maintenant. Dans le train, ce matin, un passager du nom de Francis Delcourt est venu dans mon compartiment. Il était « représentant » en voiture de luxe. On a parlé et je lui ai demandé de me montrer quelques photos. En se levant et en prenant sa serviette, il s'est déséquilibré et s'est brièvement appuyé sur moi. C'est à ce moment qu'il a dû glisser ce bout de papier dans ma poche.

_ Francis Delcourt, vous dites. Bien, on vérifiera ce point particulier.

_ Euh, malgré tout. Il faut que je vous précise quelque chose... Au bout d'une demi-heure, il a quitté le compartiment pour échanger quelques mots avec l'un de ses amis qu'il avait croisé préalablement dans le train.

_ Et alors ?

_ Alors…. je ne l'ai jamais revu…

Les trois policiers se regardèrent ébahis. L'un d'entre eux esquissa même un léger sourire.

_ Vous l'avez dit au contrôleur ?

_ En fait, il ne l'a jamais contrôlé. Je suis seul à l'avoir vu… mais je vous jure que cet homme existait bien…

_ Vous dites qu'il s'appelait Francis Delcourt. On va le retrouver par sa réservation.

_ (dépité) Même pas. J'ai donné ce nom au contrôleur qui m'a dit que ce gars-là existe bien mais qu'il n'a jamais pris le train pour Marseille. On lui aurait volé ses papiers ce matin même pendant qu'il se rendait à la gare de Lyon.

_ Bien, monsieur Pietroni. Je suis désolé, mais sur ce que vous nous avez dit et sur ce que nous avons lu, nous sommes conduits à vous emmener au commissariat.

_ Quoi ? Mais c'est une plaisanterie. Que me reproche-t-on exactement. D'être possesseur d'un bout de papier qui ne veut rien dire et dont je ne connais même pas l'origine.

_ Hélas pour vous, monsieur Pietroni. Ce papier a du sens en regard des évènements qui se sont passés ce matin, près de chez vous.

_ (la voix blanche) qu'est ce qu'il y a eu ?

_ On a retrouvé votre épouse… morte. On l'a poussée de la corniche. Elle s'est écrasée sur la falaise quinze mètres plus bas !

_ Morte ?! C'est incroyable… Angela morte ? c'est une blague. On l'a poussé, vous dites ?

_ Oui, deux témoins ont vu un homme la basculer dans le vide. Elle en est morte. Son fils l'a déjà identifié. C'est pourquoi vous comprendrez que ce papier écrit à l'encre sympathique est très fâcheux pour vous. Vous avez été dénoncé, anonymement, par quelqu'un qui avait l'air d'en savoir pas mal sur vous. Approchez-vous, je dois vous passer les menottes, c'est le règlement.

_ Vous ne voyez pas que c'est un coup monté ? Angela tuée… c'est incroyable… laissez-moi la voir au moins. C'est ignoble ce que vous m'imposez…

_ Je comprends votre désarroi, mais au vu des éléments en notre possession, nous ne pouvons pas accéder à votre demande. Suivez-nous sans faire d'histoires. Cela ne pourrait qu'aggraver votre situation…

6) Lourdes charges

Les jours qui suivirent l'interpellation d'Ange Pietroni à la gare de Marseille furent compliqués à gérer pour les corps constitués. Étant donné les nombreux éléments dont disposait la police, il était difficile de relâcher l'homme d'affaires. Un juge d'instruction fut désigné pour piloter ce dossier. Un certain Jean-Pierre Lagrange. Après avoir mis en garde à vue le prévenu, le juge donna carte blanche au commissaire du 7ème, Albert Venturi, pour mener à bien une enquête préliminaire.

Il s'agissait quand même de tenter de démêler le vrai du faux dans cette affaire scabreuse.Et il faut bien dire que durant quelques jours, tout ce que la police trouva ne fut vraiment pas au bénéfice de Pietroni. En premier lieu, l'examen graphologique du texte écrit à l'encre sympathique livra son verdict : Il était bien de sa main et c'était sûr à 90% ! En second lieu, on apprit que madame Pietroni voulait divorcer depuis quelque temps déjà. On n'en connaissait pas encore la raison, mais il fut clairement établi que monsieur Pietroni, âgé de 58 ans, entretenait une liaison avec une femme – Florence Vaugin – de vingt-trois ans plus jeune que lui.

Or madame Angela Pietroni, née Daimler, en 1916, était la fille unique d'un gros industriel allemand qui avait fait fortune dans la métallurgie. En 1934, à l'âge de 18 ans, Angela avait eu un enfant avec un certain Jean-Louis Duroc, antiquaire à Nice. Les parents de mademoiselle Daimler étant de fervents catholiques, l'adolescente garda cet enfant, contre son gré cependant.

Afin de régulariser cette fâcheuse situation, le couple s'était marié trois mois plus tard. Un mariage qui avait tourné court au bout de trois ans seulement. Mais l'important se situait ailleurs. Angela Daimler s'était remariée, en 1946, avec Ange Pietroni, à l'époque un tout petit promoteur. Un contrat de mariage avait naturellement été établi. Il précisait que le couple vivrait sous le régime de la séparation des biens. Or, à ce jour, madame Pietroni, qui avait hérité elle-même de son père, en 1966, détenait, entre autres, 35% des titres de la société en commandite par actions qu'avait créée monsieur Pietroni, en 1956, la désormais célèbre HCPI.

Dès lors, un divorce, aujourd'hui se serait avéré catastrophique pour l'homme d'affaires marseillais. Ne détenant lui-même que 40% du capital, il risquait, à terme, de perdre le contrôle de sa propre société. Dernier élément défavorable à monsieur Pietroni. On avait interrogé le seul fils de madame Pietroni, le dénommé Jérôme Duroc, aujourd'hui âgé de 38 ans.

Lui-même était devenu un solide homme d'affaires, resté cependant célibataire. Après les condoléances d'usage à un fils venant de perdre sa mère, on apprit que cet homme vivait à Nice. Bien qu'encore jeune, il détenait déjà un casino à Antibes, une boîte de nuit à Saint-tropez et une petite société immobilière à Nice. Ayant visiblement été mis sur les rails financièrement par sa mère, son témoignage à propos de son beau-père par alliance devenait intéressant. Après un silence pesant donnant à penser qu'il essayait de contenir une sourde colère, le moins que l'on puisse dire était qu'il ne portait pas vraiment Pietroni dans son cœur.

À la question : « *comment définiriez-vous monsieur Pietroni* », Duroc répondit agressivement « *c'est un gros rat, avare et libidineux. Un vrai truand dans le monde de la promotion. Un faux-cul de première... avec qui je ne travaillerai jamais...* » Une seconde question lui fut posée sur son avis personnel concernant ce crime, Duroc se montra, alors, plus évasif : « *Vous l'avez arrêté ! je ne sais pas trop pourquoi. On m'a parlé d'un contrat sur la tête de ma mère. C'est dingue ! J'ai quand même du mal à penser qu'il soit à l'origine d'une saloperie pareille...* »

Les policiers insistèrent : « *Pouvez-vous nous confirmer si votre mère envisageait de divorcer de monsieur Pietroni ?* La réponse de Duroc fut ambiguë : « *Ma mère était d'origine allemande. Elle était fière et n'avait pas pour habitude de confier à qui ce soit ses états d'âme, même pas à son fils...* » On en était resté là...

7) Version double ?

Le vendredi 16 juillet 1971, juste avant que le juge d'instruction Lagrange ne parte en vacances, ce dernier échangea quelques mots avec le commissaire Venturi sur cette affaire.

_ Bien, commissaire. Pour moi ce dossier est clair. Voilà un homme qui ne voulait pas divorcer pour des raisons inhérentes à la bonne marche de sa société. Son épouse s'est lassée de ses infidélités. Elle voulait le quitter. Sans solution, il l'a fait disparaître de telle sorte que le crime soit considéré comme un simple accident. Lui-même possède un alibi en béton puisqu'il était dans le train du Paris-Marseille au moment de la chute mortelle de son épouse.

Mais deux grains de sable sont venus gripper cette belle combinaison. D'abord, un tiers inconnu s'est avéré mécontent de notre homme pour une raison restant à déterminer. Il vous téléphone pour vous mettre sur la piste d'un contrat discret sur la tête de son épouse, via un papier écrit de la main de Pietroni, j'insiste bien sur ce point. Ensuite, ce crime a été vu fortuitement par un couple sans histoire, nous l'avons vérifié. Je ne vois pas là, mon cher Venturi, matière à tergiverser. Je l'ai inculpé de meurtre par personne interposée. On le laisse en préventive jusqu'à son procès.

_ Merci monsieur Lagrange de ce résumé de l'affaire parfaitement clair et concis. Je ne peux qu'y souscrire. Toutefois, et si vous le voulez bien, je vais quand même et durant quelque temps continuer d'explorer d'autres pistes.

_ Vous pensez vraiment qu'il pourrait ne pas être coupable ? D'après vos propres services, la Police a déjà identifié dans les douze derniers mois trois casses d'entreprise au cours desquels les malfaiteurs ont laissé une signature... le commando Alfa !! Pietroni a donc fait éliminer son épouse en ayant recours au service d'une petite pègre locale. Ce ne sera pas la première fois à Marseille. Cela ne vous semble-t-il pas évident ?

_ Oui, les charges sont lourdes, je le reconnais. Mais je veux être bien sûr qu'il n'a pas été victime d'une machination sophistiquée.

_ Qu'est-ce qui vous amène à penser cela ?

_ Oh, pour l'instant pas grand-chose. Je veux juste vérifier deux ou trois points particuliers.

_ Vous pouvez m'en dire plus, Venturi !

_ Non, pas aujourd'hui, monsieur Lagrange. C'est trop tôt. Mais je vous confirme que je vous tiendrai régulièrement informé de mes investigations. Je me donne personnellement deux à trois mois pour compléter le dossier. À l'issue de ce délai, nous verrons s'il y a encore matière à douter.

8) La face cachée des choses

Albert Venturi était un commissaire principal très expérimenté qui avait dépassé la cinquantaine. En général, on lui attribuait d'office les dossiers difficiles ou sensibles et vu la routine que nombre d'affaires de police généraient, ce n'était finalement pas pour lui déplaire. En outre, concernant l'affaire Pietroni, celle-ci relevait du commissariat du 7ème : son fief !

Le commissaire était un homme méthodique, qui ne s'énervait que rarement. À l'inverse, sa froideur était légendaire bien qu'il pouvait parfois se montrer pince-sans-rire. Il ne tutoyait personne dans le service, d'où la sourde crainte qu'il inspirait autour de lui. Ses subordonnés, ne sachant pas trop ce qu'il pensait restaient souvent hésitants face à lui. On exécutait ses ordres sans même parfois les comprendre. Ceci dit, le commissaire Albert Venturi obtenait des résultats substantiels. Avec ou sans l'aide d'indics particuliers, il avait déjà réussi à démonter les plans les plus sophistiqués. De ce point de vue, l'affaire du contrat qu'aurait mis monsieur Pietroni sur la tête de sa propre épouse lui semblait un dossier intéressant. Une pensée en effet le taraudait : « *ou ce monsieur Pietroni est un grand couillon ou l'on essaie de balader la police !* »

Le vendredi 23 juillet 1971, il fit venir dans son bureau son principal collaborateur, l'inspecteur Manuel Fonseca et le dialogue suivant s'ensuivit.

_ Vous êtes revenu de Paris. Vous avez les bandes ?

_ Oui, patron.

_ Alors allons-y, écoutons-les ces braves infortunés.

Sur ordre de Venturi, Fonseca avait fait un aller-retour à Paris et en région parisienne pour enregistrer sur cassette « audio » les témoignages des trois personnes qui auraient dû voyager en compagnie de Pietroni le lundi 12 juillet dernier. Les questions avaient été préparées par Venturi lui-même.

_ (Fonseca) J'ai coupé les présentations et les salutations. On commence par le couple de retraités qui habitent Meudon. Seul le mari a parlé. Madame dans l'ensemble acquiesçait...

La cassette audio se mit à grésiller

_ (Fonseca) : *Pouvez-vous décrire physiquement vos agresseurs ?*

_ *Ils étaient deux, dont l'un semblait une brute épaisse qui n'a pas décroché un mot. Quant à celui qui nous a parlé, il a parfois déguisé sa voix comme la marionnette « nounours » de la série télévisée.*

_ *Qui vous a semblé être le responsable de l'opération ?*

_ *Celui qui parlait naturellement. Il était d'une décontraction étonnante et ne se sentait vraiment pas stressé à l'idée de nous cambrioler.*

_ *Votre préjudice est-il important ?*

_ *Pas tant que cela. Ils n'ont rien cassé. Ils ont pris des choses qui n'avaient qu'une valeur esthétique ou familiale. Ils ont bien pris ma carte bleue, mais ils ne s'en sont pas servis. D'ailleurs, ils n'avaient pas le code et n'ont pas tenté curieusement de me l'extorquer.*

_ *Au total, avec le recul de plusieurs semaines, que pensez-vous de cette effraction ?*

_ Un sentiment étrange. Sur le coup, nous avons été traumatisés. Et nous avons très mal dormi pendant une bonne semaine. Avec le temps, nous avons presque l'impression que tout ceci fut un mauvais rêve, que ces deux voyous n'avaient jamais, réellement, existé...

On passa ensuite au second témoignage, celui du parisien Francis Delcourt. Pareillement, les questions avaient été pré-établies par le commissaire Venturi.

_ Avez-vous eu le sentiment d'être suivi depuis votre domicile par exemple ?

_ Non, pas particulièrement...

_ Avez-vous eu le temps de dévisager l'homme qui, selon vous, vous a bousculé à la station Palais-Royal ?

_ Honnêtement, non... j'ai, d'ailleurs, déjà précisé ce point à la police de Paris.

_ Avez-vous alors entre aperçu son visage ? Essayez de vous souvenir... ça peut-être important...

_ Peut-être. En une fraction de seconde, j'ai vu son faciès. C'était un homme costaud et bizarre. Il n'avait pas l'air français. Si je devais donner une nationalité, je dirais slave... mais attention, tout ceci s'est fait tellement vite. Je ne suis sûr de rien...

_ Possédiez-vous une carte bleue et dans l'affirmative a-t-on utilisé cette carte a posteriori de ce vol à la volée ?

_ Je possède en effet une carte bleue, mais celui qui me l'a dérobée n'avait naturellement pas le code.

_ À qui avez-vous fait votre déclaration de perte ou de vol ?

_ D'abord, au guichet des réservations. J'ai tenté d'obtenir un avoir sur mes billets perdus.

Ils m'ont dit de faire d'abord une déclaration à la police. C'est ce que j'ai fait. De toute façon, j'aurais naturellement fait cette déclaration n'ayant plus de papiers officiels. Depuis, globalement, j'ai récupéré tous les duplicata nécessaires et la banque m'a renvoyé une nouvelle carte.

_ *Connaissez-vous une personne s'appelant Ange Pietroni ?*

_ *Non. Ce nom ne me dit rien. C'est lui qui m'a volé ?*

_ (Fonseca improvisa) : *Pas du tout. Nous essayons juste de relier certains points entre le vol dont vous avez été victime et une affaire qui s'est déroulée récemment à Marseille. Mais apparemment les deux affaires ne sont pas liées.*

« *Bonne réponse* » enchaîna Venturi à l'endroit de son collaborateur. Puis le commissaire se cala dans son fauteuil, réfléchit quelques secondes, et précisa sa pensée à Fonseca.

_ Voyez-vous, Manuel. Je pense que l'affaire Pietroni me semble être une grosse magouille pour le faire tomber. Il ne s'est pas retrouvé seul dans son train par hasard. Le cambriolage à Meudon fut de toute évidence bidon. Le gars qui menait l'opération sifflotait, car ce n'était pour lui qu'une simple opération de diversion. Les Chainier n'étaient pas de riches châtelains, des gens aisés tout au plus. Certes des voyous pouvaient avoir envie de les cambrioler, mais dans ce cas, nos voleurs auraient été moins décontractés et surtout auraient attendu que la maison soit vide. Quant à notre représentant, s'il était tombé sur un professionnel de l'arnaque, celui-ci aurait vidé rapidement son compte bancaire.

_ Sans le code ?

_ Je me suis renseigné à Paris. À ma demande, les policiers lui ont demandé si son ancien code bancaire faisait référence à quelque chose de personnel. Je n'ai pas été déçu. Quatre chiffres étaient nécessaires pour ouvrir la carte. Or il avait choisi sa date de naissance ! Je vous rappelle que son voleur lui avait dérobé tous ses papiers, carte d'identité comprise. Bref, ce dernier n'avait plus qu'à se servir à un distributeur de billets. Et il ne l'a pas fait ! preuve là aussi que le but final de cet événement n'était sans doute pas le vol…

_ Il y a d'autres trucs qui vous chagrinent, patron ?

_ Oui… j'ai étudié le profil de Pietroni. C'est un promoteur qui ne faisait pas dans la dentelle à la fin des années cinquante. Mais cela fait maintenant une dizaine d'années que sa boîte est pérenne et solide. Par ailleurs, j'ai fait interroger le milieu de la promotion. Il a plutôt bonne réputation. Ses contrats sont clean. Le fisc n'a jusqu'à présent rien trouvé le concernant et, pourtant, je vous assure qu'il cherche. Ce gars est globalement dans les clous.

_ Et alors ?

_ Et alors, vous croyez qu'un homme d'affaires de cet acabit, désormais rangé, se serait mis dans les mains d'un tueur à gages ou pire dans les mains d'une organisation mafieuse secrète du genre de celle qu'on nous a servie… Alpha !

_ Cela dit, patron, elle semble exister cette organisation. Elle laisse même des bristols derrière elle !

_ Oui, j'ai lu ça. Ça m'a fait penser au film « *L'assassin habite au 21* ». Trois truands de connivence se faisant passer pour un seul malfaiteur alors qu'ils opéraient chacun à leur tour en laissant un bristol « m*onsieur Durant* ». Mais ça, c'est du cinéma ! Je n'arrive pas à m'empêcher de penser que de vrais malfaiteurs évitent la publicité, sauf motif politique. De plus, dans le cas qui nous intéresse, il ne s'agit plus de simples casses mais d'un acte criminel. Je ne le sens pas… on mélange un peu les genres…

_ C'est quand même son écriture sur le papier qu'on a trouvé sur lui ?

_ Le labo m'a confirmé il y a trois jours qu'à partir de notes internes, on pouvait reconstituer ce genre de papier. Il suffit ensuite d'écrire dessus à l'encre sympathique. Techniquement c'est délicat, mais ce n'est pas infaisable. Par ailleurs, ce bout de papier écrit à l'encre thermosensible, reconnaissez que ça ne fait pas très sérieux… d'autant que visiblement il en aurait parlé à quelqu'un qui se serait empressé de le dénoncer à la police…. vous ne trouvez pas ça un peu curieux ? (devant la mine perplexe de son adjoint) moi si…

_ Et la nénette de Pietroni, elle existe bien ?

_ Oui… et alors ? On ne tue pas son épouse parce qu'on la trompe. En outre, ce n'est pas le premier bonhomme qui promet le mariage à sa maîtresse, si tant est qu'il lui ait promis ! En outre, l'enquête initiale a démontré que c'est plutôt madame qui voulait arrêter leur relation commune, selon le premier témoignage, en tout cas, du valet de chambre !

_ C'est peut-être ça qu'il ne voulait pas ?

_ Oui, je le reconnais. C'est le point faible de Pietroni. Son épouse détenait trop d'actions de sa société. C'est un mobile qui a du sens. En outre, elle était riche et possédait pas mal de titres et de biens propres. Pietroni ne voulait sûrement pas que ce capital lui file entre les mains.

_ Mais dites-moi, patron, malgré ce dernier point si vous ne croyez pas trop à la culpabilité de Pietroni, qu'est-ce qu'il fait en prison ?

_ Ça m'arrange que ceux qui ont prémédité ce coup-là croient qu'on a tout gobé. Et puis, pour l'instant, je n'ai pas de scenario alternatif ? vous êtes, sans doute, plus facile à convaincre qu'un Lagrange qui tient son coupable et qui peut parader, quelque temps, en ville. D'ailleurs, j'admets que pour l'instant trop de charges concrètes pèsent sur Pietroni.

_ Vers quoi on va alors ? J'attends vos instructions patron ?

_ C'est toujours le même processus, Manuel. On va y aller humblement en cherchant à obtenir des informations parallèles au dossier en tentant, ensuite, de les recouper…

Vous allez commencer par rendre visite à nos deux témoins du crime. Je veux tout savoir sur eux. Passez leur vie présente et passée au crible, mais en y allant mollo. S'ils sont vraiment étrangers à cette affaire, je ne veux surtout pas qu'ils aient l'impression que la police les harcèle, qu'ils ont seulement fait leur devoir de citoyen. Convoquez-les. Dites leur que c'est de la pure routine… et on se revoit après…

_ Vous n'assisterez pas à cet entretien, patron ?

_ Non, je les verrai, peut-être, plus tard. J'ai entière confiance en vous. Je sais que vous m'avez compris…

(Fonseca hocha la tête. C'est vrai qu'il pensait avoir bien saisi ce que son patron avait en tête).

9) Saltimbanques

Le mardi 3 août, en matinée, mademoiselle Céline Gerbois, 30 ans, et monsieur Jean Verlinden, 40 ans, se retrouvèrent convoqués au commissariat du VIIème arrondissement de Marseille.

L'inspecteur Manuel Fonseca leur pria de s'asseoir. La confrontation put commencer. Elle dura près d'une heure. Sous le feu roulant des questions diverses de l'inspecteur, qu'apprit-on concernant ces deux témoins oculaires ? D'abord que le déroulement du crime se déroula très vite. Ce qu'ils avaient vu pouvait se résumer comme suit. Il était pratiquement onze heures du matin, le lundi 12 juillet. Un homme d'assez grande taille, costaud et casqué, s'était approché derrière madame Pietroni promenant sans laisse son chien. Il l'avait poussé violemment dans le vide puis était reparti tranquillement sur sa moto garée quelques mètres plus loin. Au demeurant, une description de la scène déjà déposée au commissariat le 12 juillet dernier. Dès lors, le couple montra un certain étonnement. Fonseca s'attendait à cette réaction.

_ Je comprends votre surprise, mais comme l'époux de la dame décédée est présumé coupable de l'organisation de ce meurtre, il va être jugé. Vous serez fatalement appelés à témoigner. Dans cette optique, nous avons besoin administrativement de précisions concernant votre état civil ? Pouvez-vous me détailler identités et professions ?

On apprit ainsi que mademoiselle Gerbois travaillait dans un petit cirque local connu sous le nom de « La Bonne Mère ».

Elle exerçait ses talents comme écuyère, et se trouvait en couple avec monsieur Verlinden, depuis trois mois. Elle précisa même qu'ils habitaient ensemble chez elle depuis un mois. Quant à Verlinden, il était de nationalité belge et travaillait depuis un an et demi dans le même cirque que mademoiselle Gerbois. Comme clown...

_ Ah, vous êtes clown ? C'est pas banal ça comme métier. Et depuis longtemps ?

_ Cela fait déjà quelques années. J'ai travaillé un temps en Belgique. Puis, j'ai tenté ma chance sur la Côte d'Azur. Finalement, j'ai posé mes valises à Marseille. De nos jours, je travaille avec deux collègues, des amis de fraîche date, et nous formons « le trio Vecchio ».

_ Intéressant cela, il faudra que j'emmène mon fils vous voir. Il adore les clowns. Tant qu'on y est, on peut connaître l'identité de vos partenaires actuels ? C'est de la pure routine...

_ Ce n'est pas un secret. Il y a monsieur Patrick Louvin, c'est un Français très drôle, doué pour amuser les enfants, et monsieur Igor Zemkine, un Russe au contraire pas très bavard. Il fait souvent le mime dans notre trio.

_ Quels âges ont-ils ?

_ Pour Patrick, je suis sûr qu'il a 38 ans. Concernant Igor, je ne sais pas... dans ces eaux-là, peut-être.... c'est surtout le copain de Patrick...

_ Revenons au crime. Avez-vous vu quelque chose d'inhabituel dans la scène dont vous avez été les témoins ?

Devant les yeux dubitatifs de mademoiselle Gerbois, ce fut monsieur Verlinden qui répondit

_ Ça s'est fait très vite. Nous étions à mille lieues de penser qu'on serait témoins d'un truc pareil. Le temps de comprendre et le gars enfourchait déjà sa grosse moto et partait comme un fou. On s'est précipité voir si d'en haut on voyait la dame. On l'a entre aperçue et c'était horrible...

_ Il y avait du monde dans les environs ?

_ Non, nous étions seuls. J'avais envie de prendre l'air et cela faisait longtemps que je voulais voir l'endroit à cause du point de vue exceptionnel. Et Céline était d'accord avec moi.

_ Une chance pour la police que vous êtes passés à cet endroit, à ce moment précis !

Les témoins ne sachant pas interpréter cette dernière observation, mademoiselle Gerbois enchaîna :

_ Si on peut appeler ça une chance. Je m'en serais bien passé. Je tremblais de tout mon corps. Cet événement m'a traumatisée. Pauvre femme...

Au bout de quelques secondes de silence, ou plus personne ne parla, mademoiselle Gerbois reprit la parole.

_ Si je puis me permettre, je rajouterais que cette scène m'a semblée surréaliste.

On aurait dit que l'homme qui avait poussé cette dame était un robot. Il a fait ça d'une façon mécanique. Pas de paroles, pas de mouvements brusques. Avec son casque noir intégral, on aurait dit qu'il était en mission…

À ces derniers mots, monsieur Verlinden réagit

_ Oui, c'est vrai, maintenant que tu me le dis, c'est l'impression que j'ai eu moi-même. Un homme qui exécutait un contrat, un tueur à gages… ou alors un fou à la fois déséquilibré et calme… ça fait froid dans le dos tellement on a eu le sentiment qu'il faisait ça avec détachement…

L'inspecteur Fonseca les regarda à tour de rôle et continua.

_ Pourriez-vous identifier la marque de sa moto ?

Verlinden répondit le premier

_ Vous plaisantez monsieur l'inspecteur. Tout ceci s'est passé très vite et on a d'abord pensé à la femme qui venait d'être poussée dans le vide… son cri m'a glacé…

Mademoiselle Gerbois enchaîna

_ De toute façon, je n'y connais rien en moto. Mais elle était noire, comme le casque et les habits de ce tueur. Moi aussi, j'en ai encore des frissons dans le dos.

L'inspecteur Fonseca n'insista plus, se leva pour raccompagner le couple.

_ Bien, je vous remercie de votre coopération. Vos derniers propos sont intéressants.

A priori, on ne devrait plus trop vous embêter, mais comme il s'agit d'un meurtre, il est possible que nous ayons encore besoin de votre collaboration. Après les avoir salués, Fonseca retourna s'asseoir à son bureau. Il resta pensif quelques instants en tapotant son crayon sur son bureau et eut cette ultime pensée : « *c'est vraiment une tête, ce Venturi...* »

10) Une mémoire d'éléphant

Le vendredi 6 août 1971, vers 18h30, l'inspecteur Fonseca sonna à la porte d'un appartement situé au 4ème étage d'un vieil immeuble du centre-ville de Marseille, au 136 impasse Delaune.

__ Monsieur Dutertre, Jean-Claude Dutertre ?

_ Oui, c'est moi...

_ (en présentant sa carte) Inspecteur Fonseca de la police de Marseille. Puis-je entrer ? Je serai bref et je ne vous dérangerai que très peu de temps ;

Un homme osseux, sans âge, la tête allongée, les yeux délavés se tenait dans l'entrebâillement de la porte de son appartement.

_ La Police ? De quoi s'agit-il ? J'ai commis une infraction ?

_ Pas du tout. La Police s'intéresse au cirque « La Bonne Mère ». Et vous avez travaillé pour ce cirque, il y a quelque temps, je crois savoir ?

_ Mais je ne travaille plus chez eux depuis trois ou quatre mois. Je ne vois pas en quoi... (Fonseca l'interrompit)

_ Ce n'est pas vous que nous suivons, ce sont les personnes exerçant actuellement dans ce cirque.

_ Alors... allez-les voir directement !

_ C'est ce que nous ne manquerons pas de faire... mais en attendant, nous avons quelques questions à poser à une personne ayant récemment travaillé dans ce cirque. Laissez-moi entrer, je vous prie… ce ne sera pas long

_ Bien, je ne vois pas trop ce que je peux vous dire d'intéressant, mais puisque vous insistez…

Après que les deux hommes se soient installés dans le vieux salon fripé de monsieur Dutertre, l'inspecteur Fonseca précisa la raison de sa visite.

_ Voyez-vous, l'inspection du travail a saisi récemment la police, afin de vérifier s'il n'y avait rien d'anormal dans l'embauche passée de quelques personnes dans ce cirque. Avant de commencer certaines investigations, nous avons donc besoin de renseignements préalables concernant le personnel du cirque. Mais mon patron souhaite que ce soit quelqu'un de l'extérieur qui nous donne d'abord son point de vue… c'est plutôt facile à comprendre.

_ Mais, voyons, j'ai travaillé une seule année pour eux et je n'avais pas de grandes responsabilités. Je ne pourrai donc pas vous apprendre grand-chose…

_ Laissez-moi en juger si vous le voulez bien. Comment s'appelle le directeur de ce cirque et combien de personnes y travaillent, artistes compris ?

_ Le directeur s'appelle monsieur Pietro Vendanza. C'est le patriarche italien de toute la famille Vendanza qui travaille pour le cirque. Ils sont sept. Le père, la mère, leurs quatre enfants et le frère de madame Vendanza, un dénommé Livio Bricci. Combien de personnes travaillent dans ce cirque ? je dirais une trentaine en tout, une vingtaine comme artistes et une dizaine comme soutiens logistiques ou administratifs.

La famille faisait parfois appel à des intérimaires en certaines circonstances, les vacances de Pâques ou les fêtes de fin d'année par exemple

_ Savez-vous s'ils ont une écuyère, vous savez une dame qui fait un numéro avec un cheval dressé ?

_ Oui, merci, je sais ce qu'est une écuyère. À mon époque, ils en avaient une, une fille assez mignonne, très gentille avec tout le monde.

_ Vous vous rappelez son nom ?

_ Bien sûr, elle s'appelait Céline Gerbois

_ Avait-elle un petit ami dans le cirque ou à l'extérieur ?

_ Non, je ne me souviens pas. Elle semblait très impliquée dans son métier. Elle s'entraînait beaucoup. Mais en dehors du cirque, je n'ai aucune idée de ce qu'elle faisait et qui elle fréquentait.

_ Aucune personne du cirque ne lui tournait autour ? On nous a parlé d'un clown…

_ (en réfléchissant une bonne seconde) Non, pas spécialement. D'ailleurs, dans ce cirque, les clowns il y en avait trois. Ils formaient un ensemble : le trio Vecchio…

_ Trois ? C'est curieux. D'habitude, ils ne sont que deux. Ils étaient sympas ces clowns ?

_ Ils étaient, surtout, curieusement assortis. Il y avait un Français très décontracté, un Belge assez impliqué et un Russe costaud et pas bavard

_ Vous vous souvenez de leurs noms ?

_ Le Français s'appelle Patrick Louvin, le Belge Jean Verlinden et le Russe Igor Zemkine.

_ Merci d'être précis… et ils étaient drôles ?

_ C'étaient des clowns… ils faisaient rire les enfants. C'était leur job et ils le faisaient très correctement du point de vue de la famille Vendanza.

_ Ils exerçaient toujours à trois ?

_ Non, parfois, ils ne se produisaient qu'à deux.

_ Pourquoi, selon vous ?

_ Aucune idée. Demandez-leur…

_ Bien. Autre chose, si vous le voulez bien. « La Bonne Mère » n'est pas un cirque itinérant. Il est de taille moyenne. Combien de séances avaient lieu par semaine sur Marseille ?

_ Ils se produisaient les mercredi, samedi et dimanche uniquement l'après midi. Donc, en tout trois séances par semaine. Du moins de mon temps…

_ Et de votre point de vue, ce cirque s'y retrouvait financièrement ?

_ Sans la subvention trimestrielle de la ville, je pense qu'il serait en grande difficulté. Mais ce n'est pas moi qui tenais la comptabilité. C'est un certain Jean Bonnaire. De toute façon, personne ne gagne bien sa vie dans un cirque. C'est d'ailleurs pourquoi je suis parti…

La discussion se poursuivit encore un bon moment entre les deux hommes, portant sur l'identité et la fonction de presque tout le monde.

Cependant, juste avant de partir, l'inspecteur Fonseca posa une ultime question en apparence anodine.

_ À propos de tous ces artistes, ont-ils des impresarios pour s'occuper de leur carrière ?

_ Certains, oui, d'autres non car ce sont des fidèles à la famille Vendanza...

Monsieur Dutertre donna ainsi les noms de trois impresarios. En ayant l'air de rien, Fonseca obtint le nom de celui qui s'occupait à la fois de l'écuyère, des clowns et de deux acrobates. Ainsi, il apprit que cet homme s'appelait Mathieu Gensbittel, qu'on le voyait de temps en temps dans les travées du cirque, évitant le plus possible le patriarche Vendanza qui ne semblait guère l'apprécier.

_ Comment se comportait monsieur Gensbittel avec ceux qu'il avait sous sa coupe ?

_ Que voulez-vous dire ?

_ Était-il amical ou s'en tenait-il à un comportement purement professionnel ? Les voyait-il souvent ?

_ Il était très amical. Il appréciait en particulier les clowns. Quand je les ai vus ensemble, ils avaient l'air de bien rigoler... enfin avec Louvin et Verlinden, car pour Zemkine... une véritable porte de prison. Cela dit en une année de présence au cirque, j'ai vu Gensbittel trois ou quatre fois, au grand maximum.

_ He bien je vous remercie de votre accueil monsieur Dutertre et des précisions apportées sur la « grande famille » du cirque comme on dit. Nous verrons, sans doute, directement monsieur Vendanza pour la suite de cette enquête.

11) Le fil de la pelote

_ Alors Manuel ? votre diagnostic ?

_ Je pense avoir suivi votre raisonnement, patron. Sans le témoignage opportun du couple, il resterait un sacré doute sur la réalité d'un crime, organisé ou non... du coup, ça met en lumière l'écuyère et Verlinden !

_ J'ai lu votre rapport sur votre entretien avec eux. Quelles conclusions en tirez-vous ?

_ Que la fille est probablement hors du coup. Je suis nettement plus dubitatif concernant Verlinden...

_ Pourquoi ?

_ C'est lui qui l'a amenée sur les lieux, vers 11 heures du matin. Curieuse heure pour jouer les « Roméo » mais j'avoue n'être pas moi-même très romantique. Mais surtout il y a autre chose...

_ Oui, quoi ?

_ Il ne l'a draguée que très récemment. Or Dutertre m'a laissé entendre que le gars n'était pas du genre fleur bleue. Par ailleurs et comme vous me l'aviez demandé, je l'ai déjà fait suivre, lui et Louvin le second clown .

_ Pour quels résultats ?

_ Louvin est un « oiseau de nuit ». Deux fois par semaine, il joue au poker en ville dans un de ces clubs de jeux, à entrée sélective, le « Fandango ». On a pu se renseigner sans jouer naturellement. Merlaud s'est fait passer pour un amateur intéressé par des parties de poker. Selon l'un des habitués, dans ce registre, Louvin est un excellent joueur, limite professionnel. Il y a quelques semaines, il a plumé un joueur occasionnel. Ce dernier lui doit même désormais une belle somme d'argent. On a parlé de 50 000 Francs !

_ Son train de vie ?

_ Rien à signaler. Il habite un « trois pièces » dans le centre de Marseille et vit seul de façon assez simple. Il roule en R16. Rien d'ostentatoire…

_ Et Verlinden ?

_ Depuis un mois, il vit chez l'écuyère. C'est elle - même qui me l'a dit lors de notre entretien au commissariat. Il a l'air amoureux, je ne le nie pas, mais comme clown il a l'habitude de jouer la comédie. Par ailleurs sur un plan plus personnel, lui non plus, comme Louvin, n'a pas l'air de rouler sur l'or. Il n'a même pas de voiture. Par contre, il y a quelque chose de curieux concernant ces trois clowns…

_ Dites ?

_ Ils ne s'entraînent, pratiquement, jamais. Dutertre me l'avait déjà dit, mais on l'a vérifié. Du coup, j'ai pris sur moi de surveiller les allées et venues de Verlinden.

- Bien Manuel…

- Quand il n'est pas avec la fille, il va à droite, à gauche, téléphone d'un bar ou d'un autre, ne reste pas en place longtemps, mais se trouve rarement au cirque sauf pour se préparer une demi-heure avant sa représentation et pour faire le numéro avec ses deux acolytes.

_ Oui, c'est curieux que Vendanza accepte ça. Tiens, cela fait me penser. Dès que possible, emmenez vos gosses voir une représentation.

_ Qu'est-ce que je chercherais patron ?

_ Leur maquillage. Ce point particulier m'intéresse. Et leur façon de jouer également, notamment Louvin et Zemkine. En partant, merci de m'envoyer Génin.

12) Réorganisations

La première émotion passée, une fois que tout le monde comprit que monsieur Ange Pietroni n'était pas près de sortir de sa « préventive », la société HCPI se réorganisa de façon notable.

Dès le 15 juillet, soit trois jours après l'arrestation du patron, un dénommé Jean-Pierre Blacher avait pris les commandes de la société. Ce n'était pas choquant en soi. Monsieur Blacher était à la fois le directeur général de l'entreprise et un commandité. Il détenait d'ailleurs 10% des actions de la société et c'est lui, en principe, qui connaissait le mieux les dossiers en cours. Bien, qu'à l'évidence, l'arrestation à grand bruit de monsieur Pietroni constituait une publicité fâcheuse, la plupart des clients de la société firent la part des choses. Après tout, il s'agissait d'un gros différend familial n'ayant rien à voir avec les affaires en cours.

Les premières semaines s'écoulèrent ainsi jusqu'à la rentrée de septembre 1971. À cette date, force est de constater, qu'en attente du jugement de Pietroni, une réorganisation d'ampleur eut lieu chez HCPI, sans apparemment l'aval de monsieur Pietroni. De sa prison des Beaumettes à Marseille où il se morfondait, esseulé puisqu'il n'avait lui-même pas d'enfants ni visiblement beaucoup d'amis, on commençait presque à l'oublier. À ce propos, Venturi avait également demandé à la « pénitentiaire » de Marseille qu'on l'informe si la dénommée Florence Vaugin - maîtresse présumée de Pietroni - était passée le voir. La réponse fut négative, ce qui n'étonna guère le commissaire… un pressentiment comme on dit.

Du côté de la HCPI, sous la baguette d'un Blacher qui prit ses marques rapidement à la tête de la société, on observa des remplacements à deux postes sensibles. Ceux concernant la direction financière et la direction du personnel. Le 15 septembre, un nouveau directeur financier, monsieur Albin Douair, remplaçait le précédent, un certain jean Derval, qui ne comprit pas ce qu'on lui reprochait. Le 20 septembre, c'est un dénommé Jean-Pierre Viénot qui remplaça le titulaire du poste, monsieur Alain Delépine, qui ne saisit pas davantage les griefs avancés pour l'évincer. D'ailleurs, les deux « débarqués » apprécièrent si peu ce mouvement de « chaises musicales » qu'ils saisirent de concert les Prudhommes.

Cependant, dès lors que ces changements, pour surprenants qu'ils apparaissent, se firent dans la plus parfaite légalité, il n'y avait là rien qui puisse mettre la puce à l'oreille de la police travaillant davantage sur la piste des clowns. Mais le commissaire Venturi n'était pas un policier lambda. Il possédait un sixième sens qui lui faisait voir, en quelque sorte, le mal partout. Dès lors, dans le cadre de l'enquête préliminaire qu'il continuait de mener, il demanda à ses adjoints de travailler sur la piste des nouveaux cadres de la société HCPI.

Ainsi, il confia à Antoine Génin le soin d'aller voir le directeur général de la société, Jean-Pierre Blacher, au seul motif de l'interroger sur les derniers états d'âme de Pietroni. Une façon de prendre contact avec la nouvelle direction sans avoir l'air d'y toucher. Puis d'interroger les deux cadres licenciés pour leur demander de donner leur propre version. Enfin, de faire une enquête externe, discrète naturellement, sur les deux cadres venant de prendre des postes-clés dans l'entreprise, Douair le financier et Viénot le responsable du personnel. Début octobre, Génin fit son rapport à Venturi. Qu'avait-il appris susceptible d'intéresser le grand patron ? Une réunion s'imposait. Elle eut lieu, le mardi 5 octobre 1971, dans le bureau du commissaire.

13) De nulle part...

_ Alors Antoine ? Qu'avez-vous appris ?

_ Ce ne fut pas trop facile, patron, mais je pense avoir trouvé des infos qui peuvent vous intéresser.

_ Je vous écoute...

_ J'ai commencé par Blacher, le directeur général de la HCPI. Je lui ai demandé de me parler de la vie privée de Pietroni, s'il s'était personnellement rendu compte que son couple battait de l'aile. Sa réponse fut intéressante...

_ Ça ne m'étonne pas. Qu'a-t-il dit ?

_ Il m'a laissé entendre que depuis quelque temps, il le trouvait nerveux, inquiet, irritable... Si le drame l'a, en apparence, un peu remué, il ne lui apparaissait finalement pas si surprenant que cela. Son épouse désirait le divorce et ça, Pietroni n'en voulait surtout pas. Il avait de grandes et nouvelles ambitions pour l'entreprise qu'il voulait encore faire grandir et il avait besoin de tous les capitaux familiaux. Or madame n'avait certes que le statut de commanditaire mais détenait 35% de la HCPI, ce qui est énorme. Elle possédait par ailleurs de nombreuses autres participations dans quelques sociétés régionales, liées notamment au secteur maritime.

_ Blacher était-il informé que Pietroni avait une maîtresse ?

_ Oui, lui le savait. Quant à l'encadrement, il pense que tout le monde s'en doutait, mais que personne n'en parlait.

_ Ce nouveau patron vous a-t-il parlé spontanément des raisons pour lesquelles il avait décidé de se séparer de deux cadres expérimentés qui semblaient faire correctement leur boulot ?

_ Non, il s'en est bien gardé et je n'y ai pas fait allusion comme vous me l'aviez demandé.

_ Ensuite ?

_ Comme prévu, j'ai interrogé par la suite les deux cadres licenciés – Derval et Delépine -

_ Que vous ont-ils appris ?

_ He bien, sans apparemment se concerter, car je les ai vus séparément, les deux m'ont confirmé leur totale surprise à propos de leur licenciement puis ils ont évoqué certains comportements… disons surprenants de Blacher.

_ Je vous écoute

_ Visiblement, c'est un homme qui dans sa vie privée souffre de petites faiblesses. Les femmes et le jeu…

_ Tiens donc, développez…

_ En fait, et toujours selon mes deux interlocuteurs, au moins deux soirs par semaine, il fréquente assidûment des clubs privés. En clair, bien que marié, il ne dédaigne pas la charmante compagnie de « professionnelles ». Pour mieux s'en vanter le lendemain auprès de ses principaux collaborateurs, d'où leurs témoignages. Quant à son deuxième pêché mignon - le jeu - il fréquente assidûment le casino « L'Estaque » et de temps en temps il n'est pas contre un petit poker dans une arrière-salle d'une boîte de

Marseille – Le Fandango – celle que Merlaud a déjà visitée le 10 août dernier quand on s'intéressait à Louvin. Vous voyez, patron, un gars comme vous les aimez, qui a une seconde vie trouble rapportée à l'officielle.

_ C'est vrai que je les aime bien ceux-là. Pas besoin du concours d'une voyante pour les connaître. Ils laissent pas mal de traces derrière eux. Sur lui, vous avez tout dit ?

_ Non… je lui ai demandé comment il voyait la suite concernant la HCPI du point de vue juridique.

_ Ah oui c'est vrai… c'est un sujet intéressant… alors ?

_ Il m'a fait une réponse un peu vaseuse. Je l'ai notée : « *faut voir quand aura lieu le procès. Si Pietroni est jugé innocent, il devrait reprendre la direction de la boite. Dans le cas contraire, je suppose que le tribunal administratif mettra en vente les titres qu'il possède. Je me porterai d'ailleurs acquéreur pour consolider ma position de gérant-commandité…* »

Le commissaire Venturi enchaîna :

_ À propos, qui va hériter de madame Pietroni ?

_ Normalement le fils, Jérôme Duroc. La vie est mal faîte, patron. Il est déjà plein aux as…

_ N'empêche que lui aussi avait un motif pour faire disparaître madame Pietroni…

_ Patron… vous exagérez là… sa propre mère… il est bourré de fric ce gars-là…. non là, c'est même très dur ce que vous pensez là…

_ Bah, vous me connaissez, j'ai tendance à voir le mal partout... Bon passons à autre chose. Concernant ceux qui ont remplacé les deux cadres licenciés, les dénommés... *(en regardant une fiche)* Douair et Viénot, qu'avez vous appris sur eux ?

_ He bien, justement, les deux cadres licenciés se sont eux-mêmes renseignés, par simple curiosité, auprès de leurs ex-collègues pour savoir qui les avait remplacés. Ils ont ainsi appris que les postes n'avaient même pas eu le temps de devenir vacants que Douair et Viénot avaient été recrutés quasiment d'office. Par ailleurs, j'ai complété mes fiches personnelles grâce à l'inspection du travail. Il semble que les deux nouveaux avaient bien travaillé dans le passé pour une petite entreprise du bâtiment. C'est sur ce seul critère que Blacher les a pris « à l'essai »...

_ Bref, d'une part, on ne sait donc pas ce que Blacher reprochait précisément aux deux ex-cadres limogés. Quant aux nouveaux venus qui viennent de nulle part, je verrais cela plus tard. Bien, bien... mon petit Génin, tout autre chose maintenant, vous allez me rendre un service. Sortez-moi de sa dernière garde à vue « Louis le futé » et faites-le venir à mon bureau. Je veux lui parler dès maintenant. Génin s'exécuta. Une heure plus tard, « Louis le futé » menotté et l'air un peu arrogant pénétrait dans le bureau de Venturi. Ce dernier demanda au policier qui l'accompagnait de le démenotter et de les laisser seuls, tout en restant en faction derrière la porte du bureau du commissaire.

_ Bonjour commissaire. Quel honneur me vaut ma présence dans votre sinistre bureau ?

_ Louis, je voudrais que vous me rendiez un petit service ?

_ Contre quoi ?

_ Vu votre casier, la prochaine condamnation peut vous coûter cher. Si vous me renvoyez l'ascenseur, je pourrais sans doute améliorer grandement votre situation.

_ Dites voir ?

_ À mes heures perdues, je joue au golf avec le juge d'application des peines. De 6 mois sûrs, ça pourrait redescendre à un mois.

_ Faut voir. C'est quoi ce service ? Je vous avertis, je ne suis toujours pas une balance...

_ Non, il ne s'agit pas de cela. Je vous demande juste de vous rendre dans une boîte de jeux – le Fandango – dans laquelle on joue au poker le soir dans une arrière-salle.

_ Oui, je la connais, commissaire...

_ Il y a quelque temps un dénommé Patrick Louvin, un habitué des lieux, a plumé un perdant. C'est le nom de ce dernier qui m'intéresse. Si vous pouvez l'identifier, on fait affaire. C'est tout ce que je vous demande... en restant très discret naturellement. Si j'apprends que vous vous êtes fait griller et que l'on a su que vous oeuvrez pour la police, notre marché naturellement ne tient plus.

_ Ça me semble à priori correct, mais vous savez, commissaire, des « caves » qui se font plumer au poker, ça courent les rues !

_ D'abord, je vous ai donné le nom du joueur qui a plumé l'autre - Patrick Louvin - un très bon joueur qui semble connu dans le club et ensuite, la somme due - 50 000 francs – n'est pas négligeable et n'a semble-t-il pas été réglée par le perdant. C'est donc devenu une dette de jeu et dans ce milieu, on ne plaisante pas avec les arriérés. C'est pourquoi je m'intéresse à celui qui doit cette somme. Alors, Louis, vous marchez ou pas ?

_ Je marche commissaire. Je cours même. Vous me renvoyez quelque part dans mon milieu... Je ne vais pas chipoter. Une fois que j'aurai le renseignement, comment dois-je vous contacter ?

_ Par téléphone, directement au commissariat, en vous annonçant d'une cabine publique. Vous ne parlerez qu'à moi. Vous avez une semaine Louis... et pas de blagues, hein ! N'aggravez pas votre cas...

14) Comptes-rendus

Le mercredi 20 octobre 1971, une réunion de synthèse se tint dans le bureau du commissaire Venturi. Ses deux principaux adjoints Manuel Fonseca et Antoine Génin étaient présents. Bien que le temps dehors soit plutôt frisquet, l'atmosphère semblait lourde dans cette pièce austère servant de bureau au commissaire Venturi. De fait cette réunion devait s'avérer capitale pour le sort futur d'Ange Pietroni. Ce fut le commissaire qui engagea les débats.

_ Messieurs, un peu plus de trois mois après le meurtre avéré de madame Pietroni, je me vois obligé de faire un point plus tôt que prévu. Le juge d'instruction reste persuadé que nous tenons le commanditaire de ce crime et me demande de clore l'enquête préliminaire, ce que j'ai refusé pour l'instant. Mais pour le faire patienter encore un peu, il me faut des billes. Nous sommes donc réunis aujourd'hui pour que je puisse rapidement instiller un doute chez Lagrange. Il en va du futur d'un probable innocent. Commençons par vous Manuel. J'attends votre compte-rendu.

_ Comme vous me l'aviez demandé, j'ai été voir une séance du cirque et j'ai regardé le numéro des trois clowns. D'abord, et sans surprise, ils étaient grimés et fardés comme pas possible. On ne peut absolument pas savoir quel est leur vrai visage derrière un maquillage pareil. Perruques, nez rouges, sourcils extravagants, joues plastifiées. Au final, ils sont méconnaissables.

_ Et leurs voix ?

_ Là aussi, pas de conclusions définitives. À part l'un des trois, ils ne parlent pas trop, ils crient, ils piaillent, ils sifflent, ils se bidonnent, de vrais clowns quoi !

_ Qui joue qui ?

_ Physiquement, je ne les ai pas reconnus, car ils ont tous les trois, à peu près, la même taille. Mais sur scène, on peut deviner qui est qui.

Il y en a un qui ne dit presque rien sinon des onomatopées et qui est le gaffeur de service. Ce doit être le russe Zemkine. C'est le plus costaud. Il y en un autre qui est très volubile et qui fait participer le public. Ce doit être Louvin. Quant au dernier, c'est forcément Verlinden d'autant qu'effectivement, si on fait un peu attention, on retrouve bien son accent chti.

_ Est-ce qu'ils sont grands ?

_ Assez oui, entre 1 mètre 80 et 1 mètre 85

_ Leur numéro dure longtemps ?

_ Un quart d'heure. En fait, on les voit deux fois. Une première fois au début de la séance. Une seconde fois tout de suite après l'entracte. Après, on ne les voit plus.

_ Salue-t-il le public avec tous les autres artistes à la fin du spectacle ? C'est ce qui se fait en général.

_ Sur les trois, je n'en ai vu qu'un. C'était Verlinden d'après les descriptions que je viens de faire.

_ Parallèlement, et comme prévu, avez vous filé Zemkine ?

_ Oui, je l'ai suivi trois jours. C'est une vraie anguille ce gars-là. Quand il n'enfourche pas sa moto, lui aussi va de bars en bars, picole, fume, lit un journal étranger, déjeune parfois. Le soir il a dîné seul les trois fois où je l'ai suivi. Il ne parle à personne. Il descend parfois, apparemment aux toilettes, mais plus probablement pour passer un coup de fil. Sinon, il vit retiré dans un appartement du centre de Marseille. Lui non plus ne semble pas rouler sur l'or. Comme déjà dit, il possède une moto puissante et maniable... une Kawasaki noire, très impressionnante, qui peut dépasser les 200, j'ai vérifié...

_ Vous avez eu le temps de pister l'écuyère ?

_ Oui, je l'ai suivie deux matins et une après-midi. Vraiment rien a en dire sinon qu'elle héberge Verlinden, mais ça on le savait déjà. Elle sort assez peu sinon pour faire des courses et surtout se rend souvent au cirque où elle s'entraîne dur. C'est encore difficile d'en être certain, mais pour moi, elle n'a rien à voir dans cette histoire où alors elle cache bien son jeu.

_ Faut toujours se méfier des filles « incrédules et lisses », ce sont parfois des chefs de bande... bien, je vous remercie Manuel. À vous, Antoine ? Qu'a donné la petite enquête que je vous ai demandée, concernant les nouveaux venus chez HCPI, les dénommés Douair et Viénot ?

_ Déjà, la première chose à noter est qu'ils viennent tous les deux d'une même société spécialisée dans les interventions rapides « 7 jours sur 7 ».

_ Ont-ils les qualifications requises pour tenir les postes pour lesquels ils ont été embauchés ?

_ Je n'en sais rien. Comme vous me l'aviez demandé, je ne les ai pas interrogés directement. Mais c'est sûr qu'ils ont remplacé deux cadres qui, eux, étaient très correctement diplômés. Ces deux changements sont donc plus que surprenants.

_ Rappelez-moi comment s'appelle la société dans laquelle les nouveaux venus travaillaient auparavant ?

_ La SMTS, ce qui signifie, commercialement parlant, « *la Société Marseillaise Tous Services* »

_ C'est une grosse société ?

_ À mon avis, non. J'ai farfouillé un peu partout. Ils ont bien six bureaux dans le département, mais leurs comptes semblent opaques. La boite n'ayant que trois ans d'existence, le fisc ne s'est pas encore réellement intéressé à eux. En attendant, la société cultive un flou artistique sur son chiffre d'affaires, ses résultats, son personnel, son activité d'une façon générale.

_ Comment s'appelle le patron de cette SMTS ?

_C'est un certain Valentin Ozuk. En fait, une vieille connaissance de notre maison, patron.

_ Ozuk…Ozuk… voyons voir…oui, oui, ça y est…je me rappelle. Il y a une dizaine d'années. Un petit aigrefin qui se faisait passer pour un intermédiaire financier de haut vol et qui a escroqué nombre de vieilles rombières de Marseille. Il les embobinait en leur promettant des placements faramineux.

_ Oui, c'est ça patron. Mais à l'époque, il s'en est bien tiré… que du sursis ! He bien, maintenant, il est à la tête de la SMTS.

_ Qui tire les ficelles derrière l'enseigne ?

_ Je ne sais pas, patron. Sur le registre du commerce, il n'y a que lui qui apparaît. La SMTS est une société de personnes. Il est à la fois patron et salarié. Les six bureaux qui essaiment le département ne sont que des boîtes aux lettres, ne communiquant avec l'extérieur que par téléphone.

_ Quels étaient les rôles de Douair et de Viénot dans cette structure ?

_ C'est une info que je ne connais pas non plus. En mettant des collègues du service sur l'affaire, on a téléphoné à plusieurs pour se faire passer pour des clients potentiels. On a enregistré ceux qui nous ont répondu. Il n'y avait que deux voix dont celle d'Ozuk, que j'ai reconnu. Quand on les interrogera vraiment, on saura si l'autre voix était celle de Douair, de Viénot ou d'un troisième larron.

_ Et concernant le personnel qui intervient « 7 jours sur 7 », c'est qui ?

_ On n'a pas eu, là non plus, l'info directement. J'ai contourné le problème en demandant à des boîtes concurrentes faisant ce type de prestations. Ils m'ont répondu sans difficulté. Au choix, les « réparateurs » sont des connaissances d'Ozuk, des intérims, des bricolos du dimanche, des salariés entre deux contrats. On leur fait signer un CDD et le tour est joué. Ces gars sont visiblement payés à la tâche et plutôt bien car les tarifs pratiqués sont exorbitants.

En général, on ne fait appel à eux qu'une seule fois, quand on a compris que leurs prestations, c'est « le coup de fusil » garanti. C'est d'ailleurs pour cette raison qu'ils interviennent sur tout le département. Les gogos sont ainsi, forcément, plus nombreux... ils se renouvellent...

_ Bref, Ozuk semble être resté un margoulin à la petite semaine ?

_ On peut effectivement résumer ce que j'ai vu et lu comme ça...

15) Des hauts et des bas

Après avoir bien écouté ses deux principaux collaborateurs, le commissaire Venturi marqua une petite pause, laissa passer quelques secondes en silence puis se cala dans son vieux fauteuil de cuir avant d'enchaîner.

_ À moi de vous faire part de ce que m'a rapporté « Louis le futé ». Je serai bref, le gars qui doit 50 000 francs à Louvin, c'est, sans surprise pour moi, celui qui a succédé à Pietroni, c'est-à-dire Jean-Pierre Blacher, le nouveau gérant de la HCPI qui aime les filles faciles et les jeux d'argent.

_ On s'en doutait un peu aussi, patron, mais qu'est ce que tout cela change pour la situation pénale de Pietroni ?

_ Finalement, pas mal de choses. Car maintenant je vais vous raconter une histoire que j'intitulerais « Des hauts et des bas ». Mais pour se donner du courage, on va d'abord commencer par les « hauts ».

En premier, nous avons établi que la « confession » surprenante et plutôt stupide de Pietroni sur son petit bout de papier à l'encre sympathique allait de pair avec le témoignage visuel de deux personnes se promenant, par hasard, à l'endroit où madame Pietroni a été poussée dans le vide. Présentons la scène autrement. Imaginons que la police – informée par un tiers - ait bien découvert le papier, mais que personne n'ait vu le crime, comment voulez-vous que la justice poursuive Pietroni sur un événement qui pouvait être fortuit ? après tout, son bout de papier n'était pas une vraie confession.

Il fallait donc qu'il y ait des témoins à charge sinon le doute jouait en faveur de notre inculpé.

Le second haut, c'est que le témoin masculin du crime – le dénommé Verlinden – fait partie d'un trio que l'on commence à bien cerner. D'abord, il y a Louvin, le « décontracté » qui fait rire tout monde et qui joue au poker avec maestria. Ensuite, il y a Zemkine, le russe mutique qui est une véritable force de la nature et qui possède une grosse moto. Enfin, il y a Verlinden, un gars sans affect selon Dutertre, mais qui s'est soudainement pris de passion pour une Céline Gerbois à priori bien inoffensive. Pourquoi cet amour soudain ? parce qu'il est plus crédible pour la police qu'un couple se balade amoureusement un 12 juillet sur les hauteurs de Marseille qu'un gars seul, surtout avec le profil de Verlinden, qui préfère sans doute une bonne bière aux effluves matinales de la corniche.

Le troisième haut, c'est que dans ces conditions, il n'est pas difficile de reconstituer la distribution de cette mauvaise pièce. On a déjà établi que le 11 juillet, le cambriolage de Meudon était très probablement bidon. Louvin jouant à « nounours » et Zemkine étant le muet qui chloroformait en silence et en puissance. On a déjà vu également que le lendemain matin, sur la ligne de métro « Cadet-Palais-Royal » Zemkine, encore lui, a probablement subtilisé le portefeuille de Delcourt. Rappelez-vous l'observation de ce dernier « ... *de type slave*... ». Un portefeuille que Zemkine a refilé à Louvin au départ du 8214. Ce dernier a pu ainsi prendre, au début du voyage, l'identité de Delcourt et abuser Pietroni en lui glissant ce fameux papier donnant l'ordre à « Alpha » de se débarrasser de madame Pietroni dans la matinée du 12 juillet.

Même le juge d'instruction devrait se résoudre à admettre que s'il n'est pas inconcevable qu'un premier voyageur puisse manquer dans le compartiment de Pietroni, trois absents en même temps, cela devient plus que suspect. Il serait également étonné d'apprendre que les cambrioleurs de Meudon et le pickpocket de Palais-Royal n'ont même pas pris le soin de vider les comptes bancaires de leurs victimes. Drôles de malfaiteurs avouons-le… prenant vraiment grand soin de leurs victimes !! Et qu'in fine Lagrange pourrait également se rendre compte que toutes ces mises en scène n'étaient là que pour qu'à la fin, Pietroni se trouve seul en face d'un Louvin grimé. Une silhouette qui disparaîtra bientôt, comme par enchantement, enfonçant un peu plus Pietroni dans une défense devenue dérisoire. (en prenant une voix plaintive) « *Personne n'a vu mon témoin, je le reconnais hélas…* ».

Le quatrième haut, c'est qu'il y a quelques semaines, le même Louvin n'a pas exigé de Blacher qu'il lui rembourse les 50 000 francs qu'il lui devait. Une attitude plutôt curieuse, vu son train de vie. Par ailleurs, même si c'est une somme rondelette, je l'admets, Blacher est directeur général d'une société qui marche bien. Il possède donc des biens, de l'épargne et sa rémunération doit être conséquente. Il avait donc les moyens de s'acquitter de sa dette. Dans ces conditions, pourquoi Louvin n'a-t-il pas sommé Blacher de le rembourser ? Tout simplement parce que Louvin lui a demandé de s'en acquitter d'une autre façon. En virant chez HCPI deux cadres supérieurs, honnêtes et compétents, pour les remplacer par, devinez qui ?

Deux margoulins venant d'une société véreuse, celle d'Ozuk, une de nos vieilles connaissances. Le commissaire reprit son souffle, alluma une cigarette, fit deux ronds de fumée, indiqua d'un geste à ses deux adjoints qu'il n'avait pas fini, puis reprit.

_ Messieurs, je viens de vous donner mes « hauts ». Mais, malheureusement pour Pietroni, il reste encore pas mal de « bas ». Et si vous le voulez bien, je vais vous les énumérer. J'ai eu le temps d'y réfléchir.

D'abord et même si cela m'a coûté de me découvrir un peu, j'ai demandé rendez-vous à monsieur Vendanza, le patron du cirque. Pour expliquer la raison de ma visite, je lui ai précisé que les deux témoins oculaires du crime faisaient partie de son cirque et que la police regardait tous les éléments liés à cette affaire. Un point de vue qu'il a semblé comprendre. Après quelques échanges anodins, je lui ai demandé à la volée si le « trio Vecchio » s'était bien produit au cirque le dimanche après-midi 11 juillet, soit le même jour où oeuvraient, selon moi, Louvin et Zemkine à Meudon. Vendanza n'a pas cillé et me l'a confirmé. En regardant un vieux cahier, il m'a cependant précisé que, ce jour-là, deux des trois clowns avaient assuré le spectacle. Pour nous, il en reste encore un de trop !

_ (Génin) un intérimaire de leur connaissance, peut-être ?

_ Non... J'ai interrogé Vendanza là-dessus. Il m'a certifié que ce jour-là, Zemkine et Verlinden étaient bien présents physiquement. Il leur a même parlé avant et après leur numéro.

Il a même rajouté « *Et puis un numéro de clown, ça ne s'improvise quand même pas aussi facilement !* »

_ (Génin) Vendanza fait peut-être partie de la bande ?

_ J'y ai pensé naturellement, mais c'est peu probable... j'ai demandé à Merlaud qu'il interroge le meilleur de la profession. Il m'a fait son compte-rendu hier. Il est très favorable à Vendanza, considéré comme une référence déontologique dans le milieu. Un « rital » exigeant mais droit. En clair, si Zemkine était vraiment à Meudon le 11 juillet et à Palais-Royal le 12, il ne pouvait pas être à Marseille ces deux jours-là ! C'est un sacré caillou dans ma chaussure, d'autant qu'il n'y a pas que ça...

_ (Fonseca) D'autres « bas », patron ?

_ Hélas oui... quand, j'ai vu Vendanza, j'en ai profité pour lui demander qu'il me prête une photo des trois clowns en civil, donc non grimés. Une fois encore, il l'a fait de bonne grâce. Cette photo, je l'ai transmise plus tard, via son avocat, à Pietroni dans sa cellule. J'espérais que ce dernier reconnaîtrait le faux vendeur de belles voitures, très certainement Louvin, mais Pietroni a eu l'honnêteté de me faire savoir qu'il ne reconnaissait aucun des trois hommes figurant sur la photo. Je me doutais bien que celui qui était venu dans le compartiment de Pietroni était grimé. N'oublions pas que ce sont des clowns professionnels. Ils savent se transformer. C'est le « b-a-ba » de leur métier même si je suis quasi certain aujourd'hui qu'il ne s'agit que d'une couverture.

_ (Fonseca) Vous en avez d'autres comme ça, patron ?

_ Oui... vous pensez bien que j'ai fait éplucher la liste des voyageurs du Paris-Nice du lundi 12 juillet départ 10h30. Pas de Patrick Louvin ni surtout d'Igor Zemkine sur la liste des passagers. Quant à Verlinden, tout le monde sait où il se trouvait, près de la corniche, comptant fleurette à sa belle écuyère. Un trio donc officiellement étranger aux évènements des 11 et 12 juillet 1971. Du beau travail probable de faux papiers concernant les deux premiers nommés.

_ (Génin) C'est fini patron ?

_ Hélas non... D'abord, le train de vie des clowns est objectivement fort modeste. Du coup, ça ne va pas être facile de passer au juge d'instruction l'info selon laquelle des truands cambrioleurs, en plein boom si je puis dire, vivent chichement. Sans compter que, d'après le « futé », Louvin gagne sensiblement plus qu'il ne perd au poker. Or il ne frime pas à l'extérieur, même pas une grosse bagnole pour épater la galerie. S'il planque son argent en Suisse, on n'est pas rendu... Mais ce n'est pas tout ! Ces trois gars sont de véritables anguilles. Au début, je pensais que c'était pour eux une simple commodité de téléphoner d'un bar. Selon moi, et après réflexion, ce n'est pas ça du tout. C'est leur façon à eux, hyperprudente et complétement assumée de communiquer avec l'extérieur. Du coup, j'ai dû renoncer pour l'instant à les mettre sous écoutes puisqu'ils ne téléphonent jamais de leur domicile sauf pour se faire livrer une pizza.

_ (Fonseca) On peut, peut-être, mettre sous écoute les lignes des bars qu'ils fréquentent ?

_ On verra, mais il y en a trop. Il faudrait obtenir une autorisation du juge et c'est pas gagné. En plus, je suis persuadé qu'ils codent leurs messages sensibles. De toute façon, quand ils reçoivent des ordres extérieurs, codés ou non, c'est en téléphonant d'une cabine publique ou d'un bar lambda. Bref à m'écouter, vous avez compris qu'on a, selon moi, probablement mis à jour une organisation complètement opaque et très structurée qui n'a pas hésité à supprimer madame Pietroni pour imposer que Blacher puisse se substituer à son époux chez HCPI.

_ (Fonseca) une organisation de type mafieux ?

_ Il y a des chances, oui.

_ (Fonseca) quel type de trafic selon vous, patron ?

_ On est à Marseille mes chers collègues. Une plaque tournante du trafic de drogue. Je serais surpris que toute cette histoire n'ait pas été pensée pour blanchir de l'argent pas très propre. D'où l'arrivée des deux margoulins - Douair et Viénot - à des postes-clés de l'entreprise. Cela dit, vu la liste de mes « bas » je me rends compte que cette enquête va être longue et compliquée.

_ (Génin) comment va-t-on s'y prendre, patron ,

_ À court terme, je vais faire part de mes doutes à Lagrange, essayer de le convaincre que tout ceci est un montage sophistiqué. J'ai de toute façon besoin de sa permission pour continuer l'enquête préliminaire. S'il me suit, j'en parlerai également au JAP[2], pour que l'on adoucisse les conditions de détention de Pietroni.

---

[2] Juge d'Application des Peines

Selon moi, il est la grande victime de cette histoire. Mais attention ! Paradoxalement, il n'est pas question de le libérer. D'abord, rapporté à mon scenario, je n'ai pas le début du commencement de la moindre preuve. Ensuite et surtout, il est très important pour lui que l'équipe d'en face croit nous avoir couillonnés. Vous avez compris que si on le libérait aujourd'hui, les truands se rendraient vite compte que la police ne marche plus dans leur combine et c'est naturellement ce que je veux éviter.

(Venturi s'arrêta quelques secondes, ferma les yeux, puis reprit)

_ Messieurs, on en est là. Je vais donc d'abord tenter de convaincre Lagrange que cette affaire mérite un prolongement d'enquête puis, dans un second temps, je vous donnerai mes directives pour poursuivre nos investigations. Car, vous vous en doutez, malgré l'adversité, j'ai pas mal d'idées sur la question et je n'ai pas dit mon dernier mot...

16) Tous azimuts

À la fin du mois d'octobre 1971, le commissaire Venturi fut donc reçu par le juge d'instruction. Le contenu de leur entretien concerna exclusivement l'affaire Pietroni. Fallait-il poursuivre ou non l'enquête préliminaire ? Venturi dût jouer serré tant Lagrange était persuadé de la culpabilité de Pietroni et qu'en conséquence la police perdait son temps. Et c'est vrai que dans cette affaire, il existait beaucoup de quasi-certitudes. D'abord et surtout le mobile de Pietroni concernant l'intérêt qu'il avait de faire disparaître son épouse ne se discutait vraiment pas. Ensuite, le mot explicite et « sympathique » de Pietroni, était objectivement écrit de sa propre main. Certes, le faux était possible, mais cela restait une hypothèse tarabiscotée.

Enfin que penser des élucubrations de Pietroni concernant un passager fantôme que personne dans le train n'avait vu. Par ailleurs, le fait que Zemkine ait assuré les spectacles du dimanche 11 juillet empêchait également qu'il soit physiquement présent en région parisienne au même moment. Un point que Venturi d'ailleurs ne contestait pas, du moins, pour l'instant. Enfin, et toujours selon Lagrange, il lui semblait que Venturi cherchait bien des noises à ces trois pauvres clowns. Des personnes, à ce jour, non fichées, ni par la police, ni par la justice et qui vivaient de toute évidence, en ce moment même, bien loin des canons comportementaux des malfrats habituels. Malgré tout, le commissaire Venturi, tenace, parvint à convaincre le juge d'instruction qu'il fallait lui laisser quelques mois d'enquête supplémentaire. Dans cette affaire, de nombreuses zones d'ombre méritaient qu'a minima on continue de faire certaines vérifications. Car, même pour monsieur Lagrange, le fait par exemple que Louvin n'ait pas réclamé son dû financier à Blacher était pour le moins curieux, voire incompréhensible. On aurait voulu l'acheter qu'on ne s'y serait pas pris autrement. Aussi, pour en finir, Lagrange décida de laisser huit mois à Venturi pour que ce dernier puisse démontrer que ce « contrat » n'était en définitive qu'un énorme montage de « faux-semblants ».

Une fois rentré au commissariat, Venturi ne perdit donc plus de temps et convoqua en urgence ses deux adjoints, Fonseca et Génin. Il s'agissait de trouver rapidement des éléments conséquents, sans trop donner l'impression que l'on enquêtait du côté du cirque et de la HCPI. À cet effet, Fonseca fût chargé de vérifier, malgré les précautions prises par les « clowns » si un bar en particulier avait leur préférence. Venturi demanda également à Fonseca de réunir toutes les informations possibles sur l'impresario du trio Vecchio, le dénommé Mathieu Gensbittel et sur la famille Vendanza. Qui était-elle ? pourquoi s'était-elle installée en France ? Possédait-elle des biens en Italie ou à l'étranger…

Quant à Génin, qui était de ses deux adjoints, vu son physique malingre, celui qui avait les meilleures capacités d'observer sans être vu, il devait s'occuper de l'autre trio, à savoir Douair, Viénot et Ozuk. Quels étaient leurs emplois du temps respectifs ? qui voyaient-ils à l'extérieur de l'entreprise ? Quel train de vie menaient-ils ? Le commissaire Venturi rajouta qu'il désirait naturellement de l'excellence dans ce travail, ce qui signifiait que ses deux adjoints devaient se montrer particulièrement discrets dans leurs investigations. De leurs capacités à se rendre « invisible » dépendrait la bonne marche de l'enquête. Il s'agissait bien sûr d'éviter que cette « organisation » particulière ne se referme comme une huître. Dès lors, il convenait de ne mettre personne du service sur le coup afin de réduire, au maximum, le risque d'indiscrétion.

Ce jour-là, en grande forme et en réponse aux propres interrogations de ses deux adjoints, le commissaire Venturi leur précisa qu'il allait voir de son côté son grand ami, Émile Filippi. C'était le commissaire en charge de la lutte contre le trafic de stupéfiants à Marseille. Rien ne disait que l'organisation « Alpha », si tant est que celle-ci exista, trempait dans un éventuel trafic de drogue, mais rien ne disait le contraire non plus. Car pour Venturi, le fait d'avoir réussi à écarter, même provisoirement, le couple Pietroni de la direction de la HCPI n'était évidemment pas fortuit. Ce sont en général les grosses entreprises qui sont capables de blanchir de l'argent « sale », bien plus facilement que les petites officines.

Les deux adjoints de Venturi quittèrent le bureau du commissaire, à la fois perplexes et plutôt mal à l'aise. Voir sans être vu, durant un mois, c'était possible mais par expérience, ils savaient aussi que l'exercice était assez compliqué… surtout quand les « cibles » semblaient être de véritables gangsters professionnels.

17) « Demi-teinte »

Au bout de trois semaines d'investigations tous azimuts, la police du VIIème ne rentra pas bredouille. Fonseca avait fait deux « planques » successives près des appartements de Louvin, de Verlinden et de Zemkine. Louvin avait bien une R16 mais l'utilisait assez peu. Quant à Verlinden, il n'avait pas de véhicule. Les deux hommes habitant dans le centre de Marseille et étant de nature sportive, ils privilégiaient donc la marche. De les suivre ne fut donc pas spécialement difficile, à la différence de Zemkine qui, bien plus solitaire que les deux autres, utilisait fréquemment sa moto.

Ces préalables avaient conduit au constat que les deux clowns « piétons » fréquentaient non seulement plusieurs bars, mais qu'effectivement l'un d'entre eux leur était commun à l'enseigne « Chez Jeannot ». S'il y avait une ligne à mettre sur écoute, c'était sans doute celle-là. Ensuite concernant Mathieu Gensbittel, l'impresario des clowns, là non plus, la cueillette ne fut pas inintéressante. Bien qu'ancien col blanc, l'homme était connu de la police et surtout de la justice. Désormais âgé d'une cinquantaine d'années il avait exercé divers métiers avant de s'improviser « impresario » d'artistes globalement méconnus.

Mais au tout début de sa carrière, il avait été avocat et s'était fait une spécialité de défendre certains malfrats. À force de les fréquenter, il mélangea un peu les genres et tomba une première fois en juin 1954 pour trafic de fausses devises. Ensuite, la police le perdit un peu de vue jusqu'à ce qu'il se fasse cueillir une seconde fois, dix ans plus tard, pour « carambouille » dans une affaire de revente d'automobiles dont certaines avaient été volées. En 1968, il réapparut de nouveau. Il s'était soudainement découvert une âme d'impresario, de « dénicheur » de talents, à minima d'intermédiaires utiles dans les milieux artistiques de seconde zone, où les contrats étaient plutôt minables et difficiles à décrocher. Depuis lors, il propose ses services à tous ceux qui rament dans leur spécialité. Fonseca avoua cependant n'être pas parvenu à savoir comment les « Vecchio » s'étaient mis dans ses pattes. Une question qu'on pourrait toujours poser à Vendanza plutôt qu'aux intéressés afin d'éviter d'éveiller leurs soupçons.

D'autant qu'à propos du patriarche qui tenait le cirque – Pietro Vendanza – Fonseca s'était renseigné auprès du consulat italien à Marseille. La famille Vendanza leur était connue. Elle s'était installée en France dans le courant des années 50 et venait d'un village piémontais assez pauvre. Le père, un trapéziste d'origine, avait considéré (probablement) qu'il serait plus lucratif de se produire en France. Il s'était fait embaucher dans un cirque qui s'appelait à l'époque « le cirque Trappatoni ». Avec ses enfants, eux-mêmes devenus des artistes de profession, Vendanza avait racheté le cirque, en 1963, l'avait (re)baptisé « la Bonne mère » et l'avait sédentarisé définitivement.

Depuis cette époque, la famille Vendanza n'a jamais judiciairement fait parler d'elle ni en France, ni en Italie où elle ne semble d'ailleurs plus avoir d'intérêts particuliers, encore moins de biens à préserver. Il resterait de cette famille quelques personnes en Italie, sans que là, non plus, la police ou la justice de ce pays n'ait eu le moindre reproche à leur faire. Concernant la famille Bricci, le consulat avoua ne rien détenir sur ce patronyme et sur les personnes portant ce nom.

Mais pour Fonseca, ce qui ressortait de tout ceci, c'est que cette famille ne pouvait avoir de liens, ni de près ni de loin, avec le « milieu » italien traditionnel la « Camorra » ou autre « Cosa Nostra ». Elle n'avait en effet pas de biens cachés ni dans le Piémont ni dans le reste de l'Italie. Il lui semblait, donc, très douteux pour ne pas dire impossible que Vendanza ou même Bricci soit ceux qui tiraient les ficelles de cette mystérieuse organisation. Ce à quoi Venturi avait répondu laconiquement : « *On verra... et vous Génin qu'avez-vous à me dire ?* » avait-il rajouté.

La principale information que donna le second adjoint de Venturi était que les dénommés Douair et Viénot continuaient de voir Ozuk, leur ancien patron à la SMTS. Ils se voyaient deux fois par semaine dans une brasserie de Marseille, « la Bouille à Baisse » du nom du patron de l'établissement. Ils y dînent entre 20 heures et 21h30. Mais parfois, ils ont été quatre à table et Génin avait relevé le numéro du véhicule - une 404 grise - du quatrième quidam. Vérification faite, elle appartenait à un certain Miguel Leandro, exerçant des talents inconnus dans la société d'Ozuk. À sa tenue à table, il semble même être devenu son principal adjoint.

En dehors d'Ozuk, le patron de la SMTS, déjà connu de la police, Génin avait naturellement regardé le pedigree pénal des trois autres convives. Des malfrats sans envergure, qui s'étaient essayés au trafic de drogue ou de la prostitution locale, sans grand succès, toujours intimidés par de plus gros qu'eux.

Comme Ozuk, les trois autres n'avaient jamais fait de prison, que de la garde à vue et n'avaient écopé que de peines avec sursis ou d'amendes diverses.

En résumé, des personnes restées peu fréquentables. En conséquence, observer que deux d'entre elles avaient été embauchées par Blacher à des postes sensibles apportait une forme de preuve que la nouvelle HCPI allait bientôt changer de nature. Le commissaire Venturi avait donc raison de continuer l'enquête. Comme il l'avait déjà précisé à ses adjoints, il venait de consulter son collègue des « stups » le commissaire Émile Filippi. Au début de l'entretien ce dernier ne se montra guère engageant : « *Mon pauvre Albert, des bandes de dealers qui sévissent dans les quartiers nord de Marseille, j'en ai compté une quinzaine et je ne suis pas sûr d'avoir fait le tour de la question...* » Venturi avait cependant insisté.

Tiré du service de l'identification, il lui avait montré des photos d'Ozuk, de Douair de Viénot et de Leandro puisque ils étaient tous connus de la Police. Il avait également présenté la photo des trois clowns non grimés, celle que lui avait remis Vendanza, et pour finir, celle de Gensbittel l'impresario des clowns. Le commissaire Filippi les regarda assez longuement, fit appel au tréfonds de sa mémoire mais les redonna à Venturi en lâchant « *désolé, mon vieux, je ne les connais pas... mais dans ce milieu, il y a souvent un seul caïd qui connaît celui qui fournit la came. En clair, quand une patrouille prend sur le fait un petit trafiquant, celui-ci ne peut pas vraiment nous apprendre grand-chose. Il ne connaît notamment pas le nom de son fournisseur en relation avec le caïd précité. La discrétion et les fausses identités, c'est la base dans ce job de pourris* »

Malgré cet échec patent, le commissaire Venturi insista. D'accord, Filippi n'identifiait personne, mais il restait encore la possibilité qu'un indic de sa connaissance reconnaisse quelqu'un. Après tout, trois dossiers étaient en mesure de se superposer dans cette affaire : un crime indirect, celui de madame Pietroni, peut-être la mise à jour d'une organisation mafieuse et surtout un gros trafic de drogue. Filippi hésita, regarda Venturi en fronçant les sourcils et lui dit « *je n'aime pas trop griller mes indics, mais je vais voir quand même ce que je peux faire…* (puis réfléchissant) *tu n'as peut-être pas tort… ça peut m'intéresser après tout…* » En quittant le bureau de son collègue, Venturi continuait de réfléchir, en parlant presque tout haut. Une nouvelle réunion interne s'imposait. Elle se déroula le jeudi 25 novembre 1971, dans le bureau du commissaire.

18) Esquisse de quelque chose...

Devant ses deux adjoints, Venturi commença sans tarder son petit « speech »

_ Messieurs, le temps tourne, il faut accélérer la cadence. Je suis désormais persuadé que toute l'affaire Pietroni n'est qu'un vaste montage pour livrer la HCPI à une organisation. Celle-ci voulant bénéficier de l'infrastructure d'une grosse société pour blanchir plus facilement l'argent issu d'un trafic local probable de drogue. J'ai déjà demandé au fisc de faire une descente dans la société mais pas avant le 30 avril prochain, le temps naturellement que nos escrocs aient bien mis en place leurs procédures.

_ (Fonseca) Patron, cela signifie-t-il que Blacher fait désormais partie de la bande ?

_ Probablement... de gré ou de force. C'est quand même lui qui a viré ses deux principaux cadres pour les remplacer par des sous-fifres à la botte de l'organisation qu'on va appeler « Alpha » pour nous simplifier la vie. Par ailleurs, dettes de jeu, vie nocturne et « jambes en l'air » sont rarement la marque de personnes qui n'ont rien à se reprocher. Pour moi, Blacher est en bascule...

_ (Génin) Et pourquoi ce ne serait pas lui le grand patron qui tire les ficelles ?

_ Je n'y crois pas. Concernant sa dette de 50 000 balles, je reconnais que c'est peut-être un truc bidon pour le victimiser aux yeux de la police. Mais en règle générale, les boss d'une organisation semi-mafieuse ne s'exposent pas comme ça... je verrais plutôt un magnat de quelque chose, gras et fumant du havane, qui donne des soirées mondaines pour refiler des gros chèques à des associations de bienfaisance...

_ (Venturi devant l'air interloqué de ses adjoints). Je rigole les gars !! J'évoque de vieux souvenirs de films américains qui passaient dans mon cinéma de quartier... non, sérieusement, il est trop tôt pour chercher la cime de l'arbre. Intéressons-nous plutôt aux souches... j'ai déjà obtenu l'autorisation de mettre sous écoute à la fois le téléphone du bar « Chez Jeannot » et les téléphones privés de nos trois clowns. Manuel, suivez ces quatre lignes et informez-moi de toute communication exploitable. Par ailleurs, essayez de m'en dire plus sur ce Zemkine, comment est-il arrivé en France ? Que faisait-il dans son pays natal. Allez voir les gars du consulat russe pour savoir s'ils le connaissent et ce qu'ils pourraient avoir sur lui. À ce propos, et de vous à moi, je suis désormais persuadé que c'est lui qui a poussé madame Pietroni dans le vide...

_ (Fonseca) Comment expliquez-vous qu'il se trouvait à Paris le jour du crime ?

_ J'y ai beaucoup réfléchi et je pense avoir trouvé le truc. Ça a fait tilt le jour où Vendanza m'a confirmé que parfois le trio ne se produisait qu'à deux.

_ (Fonseca et Génin) ??

_ Zemkine est double ! Il existe soit un sosie soit un frère jumeau, un vrai jumeau probablement, né d'un seul œuf. Manuel, quand vous serez au consulat russe et, s'ils le connaissent, cherchez donc également dans cette direction.

_ (Fonseca) Si ce que vous dites se vérifie, les 11 et 12 juillet, les deux malfrats parisiens seraient Louvin et « Zemkine n° 01 » tandis que le 12 juillet au matin, Verlinden serait le témoin du meurtre commis par « Zemkine n° 02 »

_ Pour moi, oui… mais ça reste naturellement à démontrer…

_ (Génin) Et si on ne retrouve jamais Zemkine deux ?

_ Alors, soit ils ont trouvé un sosie parfait, mais je n'y crois pas, soit Pietroni aura du mal à s'en tirer.

_ (Fonseca) admettons qu'il y ait bien deux Zemkine. Dans ce cas, Vendanza serait complice de la bande. Ce n'est pas possible qu'il ne soit pas au courant de l'existence de deux frères dans son propre cirque.

_ J'y ai réfléchi également. Sur cette question, ma théorie est la suivante. Manuel, vous m'avez récemment démontré que la famille Vendanza était clean, en tout cas qu'elle ne s'était pas spécialement enrichie. Il existe donc deux cas de figure. Ou Vendanza sait que les Zemkine sont deux, mais il se tait pour ne pas mettre en danger sa famille. Ou face à un vrai jumeau, il n'a pas encore compris que les Zemkine, qui doivent prendre de toute façon beaucoup de précautions, sont doubles. Mais, finalement, tout ceci n'a pas une grande importance. Gardons-nous de lui poser directement la question. Si sa famille est menacée par « Alpha » Vendanza va paniquer et toute la bande va comprendre que la police continue de chercher. Le dossier Vendanza est donc clos pour la police… du moins pour l'instant…

Passons à vous Antoine. Puisque mon ami Filippi n'a identifié ni les clowns, ni la bande d'Ozuk, ni Gensbittel, on ne sait toujours pas si « Alpha » trempe dans une affaire de drogue et si oui, avec quel caïd à sa tête. Donc, allez à la pêche ! Je fais le pari que soit Leandro soit Ozuk sont les relais d'Alpha susceptibles de fournir la drogue à un réseau local. Cela m'étonnerait que « maître » Gensbittel se mouille directement car il a déjà fait de la prison et il doit disposer d'un certain statut dans l'organisation.

Vous allez donc filer Leandro durant trois semaines, de loin et seul. Mais je vous interdis de prendre du monde avec vous. C'est une mission dangereuse, Antoine, donc ne prenez aucun risque. Suivez-le en voiture…à bonne distance. S'il vous sème, n'insistez pas, recommencez plus tard. Une fois arrivé là où ils sont tous, grimez-vous en vieux clodo et espérez que vous le verrez en action. Sur place, jouez le paumé absolu. Si on vous propose de la drogue, ne posez aucune question. Dites simplement que vous n'avez pas d'argent. Si on vous incite à devenir guetteur, refusez. Dites que vous êtes trop vieux mais que vous accepteriez bien une petite pièce… prenez malgré tout votre arme de service au cas où cela tournerait mal…

Attention Antoine, c'est une mission difficile, voire dangereuse, mais il nous faut bien trouver un lien entre « Alpha » et le milieu de la drogue… Pour finir, si vous avez la chance de le voir discuter avec une ou plusieurs personnes, flashez les avec votre super kodak, celui qui zoome comme pas possible. On présentera alors votre photo à Filippi… ce sera bien le diable s'il ne reconnaît personne… mais surtout, j'insiste, Génin, ne prenez aucun risque…

(Venturi s'arrêta et leva les yeux au ciel en ayant l'air de méditer)

_ (Fonseca) De votre côté, vous vous réservez quelque chose patron ?

_ Oui... des interrogatoires divers et variés. Je vois dans quelques jours Blacher. À son propos, j'ai encore des questions sans réponses. Avant, je verrai la maîtresse de Pietroni qui s'est vraiment montrée très, voire trop, discrète celle-là. J'ai également l'intention de faire venir le valet de pied de la famille Pietroni. Mais pour commencer, je verrai demain, maître Alphandéry, l'avocat de Pietroni. Cela fait un bon moment qu'il me réclame un rendez-vous. Je n'en suis pas surpris d'ailleurs...

(Venturi s'arrêta et reprit ses rêveries)

_ (Fonseca) Vous avez fini, patron ?

_ Non... Je vous renouvelle d'être discret avec votre entourage personnel, épouses comprises, et même avec vos collègues. Cette affaire ne se résoudra qu'à cette condition majeure. De la discrétion absolue, c'est bien compris, messieurs ?

(les deux adjoints de Venturi opinèrent de la tête sans en rajouter)

_ Alors, en chasse messieurs, je ne vous retiens plus...

19) Examen du paysage

_ (Venturi... via le téléphone intérieur)... oui... faites-le entrer...

Un homme portant beau à la chevelure argentée et ondulée, en costume gris impeccablement coupé, entra dans le bureau du commissaire Venturi

_ Entrez maître et prenez place, je vous en prie. Vous cherchez à me voir m'a-t-on dit. He bien, je suis là. Je vous écoute...

_ Merci commissaire d'avoir trouvé un peu de temps pour me recevoir. Vous vous doutez pourquoi je vous rends visite. Il s'agit bien du cas épineux de l'un de mes clients, le dénommé Ange Pietroni...

_ Oui, qu'avez-vous à me dire à son sujet ?

_ Oh, c'est simple. Cela fait maintenant plus de quatre mois que mon client est en préventive, qu'il est inculpé d'être un dangereux criminel par procuration. Mais je note que votre enquête préliminaire se poursuit et que vous m'avez remis il y a quelques semaines une photo de trois personnes que vous cherchiez je suppose à identifier ? Je viens donc aux nouvelles. J'imagine que si vous continuez cette enquête, c'est que vous possédez certains éléments vous faisant douter de sa culpabilité.

_ Pas vraiment, maître. Je poursuis l'enquête surtout par souci de ne rien négliger. Et puis, au-delà de votre client, il y a effectivement une certaine organisation, dite « Alpha » déjà connue de la police et qui semble partie prenante dans ce crime. On ne peut se permettre pour l'instant de clore le dossier...

_ Alors, je vais me permettre de vous poser une question plus directe. Au fond de vous, sur la base des éléments en votre possession, croyez-vous mon client, payant impôts et inconnu de la justice, capable d'avoir ourdi une telle machination ?

_ Maître, j'ai envie de vous répondre que mon avis n'a pas d'importance. Ce qui compte en revanche, ce sont les faits. Et il faut bien reconnaître que les charges sont lourdes à l'encontre de votre client. D'autre part, il est incontestable qu'un mobile sérieux existe dans cette affaire. Se débarrasser d'une riche épouse qui dit-on était sur le point de demander le divorce. Avez-vous, de votre côté, des éléments concrets qui pourraient me faire douter de sa culpabilité indirecte ?

_ Peut-être... Concernant cette affaire, mon cabinet a pu mettre en évidence qu'il est vraiment curieux que les trois personnes qui devaient voyager avec monsieur Pietroni se soient désistées en même temps. Je trouve également surprenant que les cambrioleurs de la famille Chainier et le pickpocket de monsieur Delcourt n'aient pas cherché les uns à récupérer le code de la carte bleue du couple et l'autre à tenter de soutirer du liquide sur la carte bleue de la seconde victime. Qu'en pensez-vous ?

_ Rassurez-vous, Maître, nous-nous sommes fait cette réflexion. C'est effectivement troublant, mais ne vous emballez pas trop. D'abord, il ne s'agit pas de trois personnes mais seulement de deux, le couple Chainier ne faisant qu'un. Ensuite, nous avons interrogé la SNCF. Ce cas de figure est assez rare, mais arrive plus souvent qu'on ne le croit, il est vrai surtout en seconde. Une centaine de fois par an m'a-t-on dit.

Concernant le cambriolage des Chainier, nos experts en la matière m'ont précisé que certaines bandes s'étaient spécialisées dans le vol d'objets divers, maquillés ensuite en objets signés par des faussaires d'artistes reconnus internationalement. Le gain final étant celui fait à la revente plus tard dans le marché de la contrefaçon.

Enfin, concernant le pickpocket de monsieur Delcourt, croyez-vous que celui-ci ne s'est intéressé qu'à une seule personne ce jour-là ? Ce type de malfaiteurs pullule dans Paris, en période estivale. À Marseille, on les connaît bien, également…. ils prennent le liquide et ils jettent le reste très vite dans une poubelle. C'est pourquoi cette défense sera, assez facilement, mise à mal par le procureur ou l'avocat de la partie adverse, celle de Jérôme Duroc en l'occurrence.

_ Bien, merci pour cette plaidoirie privée monsieur le commissaire. Mais puis-je alors me diriger sur un autre terrain ?

_ Je vous en prie

_ J'ai longuement écouté, en plusieurs circonstances, monsieur Pietroni. Il m'a donné en long et en large sa version des faits et il n'en a jamais varié. Quand il m'en parle, les larmes lui viennent très vite. Je suis très expérimenté, monsieur Venturi, j'ai trente ans de barreau derrière moi et je sais reconnaître quand un prévenu est sincère ou non. Cet homme ne joue pas la comédie. Il est innocent du crime dont on l'accuse. Il s'est fait piéger par une organisation qui voulait le chasser de son entreprise pour une raison sans doute délictueuse. Qu'en pensez-vous, commissaire ?

_ Rien. La justice tranche sur des faits, pas sur des sentiments. Je vous confirme que mon enquête se poursuit, c'est tout ce que je peux vous dire...

_ Je n'en saurai décidément pas plus ?

_ (Venturi en se levant et raccompagnant doucement son interlocuteur) Hélas non... croyez-moi, j'en suis le premier navré. Si la lumière pouvait bientôt, tous, nous aveugler, j'en serais très heureux. Mais pour l'instant nous restons dans la pénombre...

_ Je n'ai donc pas la possibilité de redonner un peu d'espoir à ce pauvre Pietroni...

_ Pour l'instant, non hélas...(Ventura resta silencieux quelques instants)... un dernier mot cependant, Maître. Il y a quelques années de cela, monsieur Pietroni s'était établi comme jeune promoteur et le fisc l'avait coincé pour diverses falsifications d'écritures. Après qu'on l'eut interrogé à ce sujet, le procès-verbal indiqua ... « *monsieur Pietroni semblait très étonné......* » (devant la mine surprise de l'avocat) vous aussi je vois ... au revoir, maître, et bonne fin de journée...

Quatre jours plus tard cet entretien, le vendredi 3 décembre 1971, le commissaire Venturi reçut coup sur coup à son bureau madame Florence Vaugin vers 10 heures et monsieur Célestin Vautier, le valet de pied de la famille Pietroni dont le rendez-vous était fixé dans l'après-midi à 15 heures.

_ Bonjour, madame Vaugin. Installez-vous, je vous prie. (en dévisageant quelques instants une jolie femme brune de type méridional) madame, je me suis permis de vous convoquer car je suis celui qui enquête sur l'affaire Pietroni, l'homme inculpé d'avoir fait exécuter son épouse le 12 juillet dernier, par personne interposée. Nous avons appris par son entourage qu'il entretenait une liaison avec vous. Pouvez-vous déjà me confirmer cette information ?

_ (d'un air déjà un peu las, à l'accent chantant) Je vous la confirme commissaire...

_ Avez-vous été surprise de cette inculpation ?

_ Plutôt oui... je dois vous dire que j'en ai même été complétement sidérée... Ange, un criminel en lien avec la pègre locale ? c'est vraiment très drôle... mais après tout connaît-on bien les gens ?

_ Que voulez-vous dire ?

_ Déjà, il faut vous dire, commissaire, que lui et moi, c'était une aventure qui se terminait. Je suis manucure chez un coiffeur du centre-ville. Il m'a dragué il y a deux ans environ. J'étais libre et m'a semblé un peu rigolo. Il semblait surtout avoir quelques moyens. Je me suis dit « *pourquoi pas, on verra bien...* ». Bien entendu, je n'étais pas amoureuse, c'est pas un apollon le Pietroni...

_ Vous disiez que votre aventure se terminait ?

_ Clairement. Au début, il m'invitait souvent au restaurant et il me payait des jolies tenues que j'avais repérées dans le coin. Mais dans le temps ses visites se sont espacées. À la fin, on se voyait une ou deux fois par quinzaine, grand maximum. Comme je n'étais pas vraiment attachée, je m'en suis remise...

_ Le trouviez-vous soucieux ?

_ Oui... on peut dire ça... soucieux et surtout pressé...

_ Vous parlait-il de son épouse ?

_ Ange ? Non… il ne me parlait ni de son boulot, ni de ses proches, ni de son épouse… ce qui l'intéressait surtout, c'était de me peloter dans sa voiture. (devant l'air perplexe du commissaire)… par ailleurs si on a fait ce à quoi vous pensez une demi-douzaine de fois c'est vraiment le bout du monde. Nos relations étaient plutôt minces. On parlait pas cinéma ou théâtre par exemple… des trucs que j'aime bien pourtant…

_ Tout ceci explique pourquoi vous n'avez pas été le voir aux Beaumettes ?

_ Ben oui… on avait déjà pas grand-chose à se dire quand il était libre… je me voyais pas le voir derrière un parloir … pour lui dire quoi d'ailleurs ? et puis, si c'est un criminel ? ça m'a fait vraiment peur ça…

_ Justement le croyez-vous capable d'entretenir des liens avec la pègre marseillaise ?

_ J'en sais rien…. Ça me surprendrait mais c'est vrai qu'en y réfléchissant bien, je ne le connaissais pas vraiment…

_ Une dernière question, madame, et je vous laisse tranquille. Vous souvenez vous si un jour il vous a dit quelque chose d'inattendu ou que n'avez pas bien compris ?

_ Dites tout de suite que je suis une bécasse commissaire…. voyons, voyons… bof… je vois pas…si… attendez, un jour il m'a dit : « *je suis furieux ce matin, j'ai un connard qui m'a ch… dans les bottes… il va le sentir passer…* » Ça vous va, ça ?

_ (en souriant) oui, madame Vaugin, ça me va tout à fait.

(en la raccompagnant gentiment) merci d'être venue. Je peux vous assurer, madame, que nous ne vous embêterons plus...

Ce même jour, on fit entrer dans le bureau du commissaire, le dénommé Célestin Vautier, ex-valet de pied du couple Pietroni, un homme d'une cinquantaine d'années, très collet monté, en adéquation parfaite semblait-il avec sa fonction. Le commissaire entra rapidement dans le vif du sujet.

_ Bonjour monsieur Vautier. Je suis le commissaire en charge de l'enquête sur l'assassinat de madame Pietroni, votre ancienne patronne. Avant toute chose, je voudrais vous dire que dès lors que nous sommes en présence d'un homicide volontaire, le droit de réserve inhérent à votre fonction, tout à votre honneur en temps ordinaire, se trouve de facto remis en cause par les circonstances. Il y a eu crime... et monsieur Pietroni est pour l'instant inculpé du meurtre de son épouse ou plutôt inculpé de l'avoir éventuellement prémédité. Je vous remercie donc par avance de répondre sans faux-fuyants à mes questions. Cela fera gagner du temps à tout le monde et surtout cela contribuera à faire émerger plus rapidement la vérité !

_ Je vous écoute, commissaire...

_ Dans les trois mois qui ont précédé le crime, quel était l'état exact des relations du couple ?

_ Médiocre, monsieur... médiocre. Ils se faisaient souvent la tête. Et il y avait bien longtemps qu'ils faisaient chambre à part.

_ Les avez-vous entendus se quereller pour des motifs liés à leurs avoirs respectifs ?

_ C'était même leur principal sujet de discorde...

_ Pouvez-vous être plus précis ?

_ Pas vraiment. Ces disputes étant fréquentes, j'avais fini par les entendre sans les écouter si vous voyez ce que je veux dire. Le sujet le plus récurrent était sans doute les actions de la société de monsieur que madame détenait en propre. Il voulait les lui racheter mais madame refusait la moindre transaction.

_ Bien, abordons si vous le voulez bien un sujet plus délicat. Madame Pietroni avait-elle un amant ?

_ Le sujet est en effet délicat. En l'absence de monsieur Pietroni, je n'ai jamais vu une seule fois dans la maison la présence d'un homme qui m'était inconnu et qui pouvait sembler familier avec madame.

_ Au téléphone, avez-vous entendu des conversations feutrées ou encore madame parlant à voix basse ?

_ Non... madame Pietroni n'était pas comme ça. Elle était d'origine prussienne et avait une très forte personnalité. Elle ne faisait pas les choses de façon sournoise.

_ Alors, je repose ma question : avait-elle quelqu'un dans sa vie, oui ou non ?

_ En tout cas, monsieur semblait le croire et madame ne faisait rien pour le détromper. Un jour j'ai entendu monsieur lui crier dessus « *Et tu aurais pris un amant par-dessus le marché ?* » et madame de lui répondre

« *Tu me reprocherais quelque chose que tu fais toi-même sur la canebière ? Elle est bien bonne celle-là...* »

_ Madame Pietroni sortait-elle souvent de chez elle ?

_ Ça dépendait des périodes. En dehors de promener son chien une demi-heure le matin tous les deux jours, il est vrai qu'elle pouvait s'absenter des après-midi entières... chez des amis que je pouvais connaître...ou pas...

_ Bien, autre chose si vous le voulez bien. Voyait-elle souvent son fils Jérôme Duroc ?

_ Ah, ça, c'est effectivement autre chose...

_ Pourquoi ?

_ Dès lors que le fils de madame et monsieur Pietroni ne pouvaient vraiment pas se voir, les visites de monsieur Jérôme étaient devenues extrêmement rares et même inexistantes depuis au moins deux ans. Monsieur Jérôme habite Nice et semble, aujourd'hui, très pris par ses propres affaires. C'est un véritable homme d'affaires, vous savez...

_ Oui, je sais... pensez-vous que la mère et le fils se voyaient en dehors du domicile des Pietroni ?

_ Je ne peux pas vous le dire dès lors que madame n'évoquait jamais ce sujet. J'imagine que oui. À table, le couple ne parlait jamais de monsieur Jérôme. Ils savaient tous les deux que ça se terminerait rapidement par des noms d'oiseaux... D'ailleurs, monsieur Jérôme m'avait téléphoné un jour pour me dire « *si un jour, il se passe quelque chose de grave entre ma mère et Pietroni, appelez-moi tout de suite...* »

_ Cela dit, si je vous comprends bien, du fait de la situation, la mère et le fils finalement n'entretenaient que des relations plutôt distantes…

_ On peut le dire comme ça… mais vous savez, les parents de madame, avant d'émigrer en Allemagne de l'Ouest, étaient des Prussiens bons teints. Et madame était, à la fois, très vive tout en étant de nature froide. Je pense vraiment que monsieur Jérôme était du même moule. Je l'ai côtoyé trois ou quatre fois avant qu'il cesse de venir dans cette maison. C'était un jeune homme rigoureux qui n'aimait pas la fantaisie…

_ Aimait-il sa mère ?

_ (surpris de la question) Bien sûr ! Quelle question ! Ils étaient, certes, tous les deux un peu raides, mais n'exagérons rien. Je les ai vus rire ensemble à une certaine époque et si le fils lui parlait avec une certaine déférence ses propos étaient toujours teintés d'amour filial…

_ Bien, monsieur Vautier. Je vous remercie de votre coopération dans cette affaire. Vos réponses étaient intéressantes et ont éclairé un peu ma lanterne. J'imagine que vous avez retrouvé facilement du travail ?

_ Ne m'en parlez pas. L'affaire ayant fait grand bruit localement, une dizaine de familles de la haute société marseillaise m'ont approché pour que j'entre à leur service.

_ Les gens sont comme ça. Vous êtes devenu en quelque sorte une célébrité locale. L'épouse assassinée par un tueur inconnu, l'époux suspect et en prison. Que de choses à apprendre du valet de chambre !

_ Pourtant, je suis resté peu loquace (en souriant légèrement...) dès lors que mes nouveaux patrons n'étaient pas des commissaires de police...

_ Et vous avez eu raison... d'autant que cette affaire est loin d'être terminée... au revoir, monsieur Vautier et bonne fin de journée...

Quelques jours plus tard, au cœur d'un mois de décembre particulièrement froid et venteux, et comme il l'avait annoncé à ses adjoints, le commissaire Venturi reçut monsieur Blacher le patron « par intérim » de la société créée par monsieur Pietroni. Monsieur Blacher, 50 ans, était de taille moyenne, avait des petits yeux perçants, un peu rentrés dans leurs orbites et les cheveux très noirs coiffés en arrière, mais encore fournis. Sa voix était rauque et son teint était un peu jaunâtre. « *Un fumeur...* » pensa immédiatement Venturi qui l'était lui-même, au grand désespoir de l'une de ses filles.

- Entrez, monsieur Blacher. Installez-vous. Il fait bien meilleur chez moi que dehors...

- Bonjour, monsieur le commissaire. Vous m'avez demandé de passer à votre bureau. Est-ce à dire qu'il y a du nouveau concernant votre enquête sur le meurtre malheureux de madame Pietroni ?

_ Cela dépend du point de vue de chacun. Concernant monsieur Pietroni, force est de constater que mon enquête avance laborieusement et, naturellement, ça n'arrange pas ses affaires. Mais mes services ne sont pas parvenus à trouver le moindre indice concernant l'existence d'une organisation qui se ferait appeler « Alpha ».

Dès lors, nous ne sommes pas loin de penser qu'elle n'existe pas et que monsieur Pietroni a utilisé tout simplement les services d'un tueur à gages... vous-même, monsieur Blacher, qu'en pensez-vous ?

_ Moi ? oh, je me garderais bien de prendre position sur cette question. Comme je l'ai déjà dit en septembre dernier à votre collègue, nous avions tous constaté dans la société que, ces derniers temps, Pietroni n'allait pas bien, qu'il était énervé, les nerfs à fleur de peau, irritable... mais de là à faire tuer sa propre épouse pour éviter un divorce fâcheux, personne ne pouvait l'imaginer...

_ Vous avez donc pris la direction de l'entreprise...

_ (coupant Venturi) Bien obligé. On a beaucoup de contrats en cours. Le téléphone n'arrête pas de sonner. Des fournisseurs, des clients, des sociétés partenaires, des banques... c'est un vrai tourbillon mais c'est mon milieu et je fais face, il me semble en tout cas...

_ À ce propos, pourquoi donc dans ces conditions difficiles, avez-vous éprouvé le besoin de changer deux cadres majeurs de l'entreprise ? c'est plutôt surprenant comme décision ?

_ Ah, vous êtes au courant... c'est vrai qu'à première vue, ça pourrait sembler curieux, mais je vais tout vous dire, monsieur le commissaire. Concernant, monsieur Delépine, l'ancien chef du personnel, je m'étais souvent opposé à lui du temps de monsieur Pietroni. Puisque actuellement je suis le décideur final, j'avoue sans fausse honte avoir réglé un compte personnel si je puis dire... concernant monsieur Derval, le responsable financier, c'était autre chose.

Nous n'avions tout simplement pas le même point de vue sur le mode de financement de certaines opérations. Pour faire simple, je voulais emprunter à des banques et lui préférait utiliser notre cash-flow, excusez-moi pour ce terme technique...

_ Et c'est pour cette seule raison que vous l'avez licencié ?

_ Qu'est-ce que vous voulez. Il partait du principe que monsieur Pietroni serait finalement jugé innocent du crime dont on l'accuse. Très vite, il m'a dit « m*onsieur Blacher, vous n'occupez cette place qu'à titre provisoire. J'ai été voir monsieur Pietroni aux Beaumettes. Il m'a juré être innocent dans cette affaire et à titre personnel je lui garde toute ma confiance...* ». Devant cette défiance affichée à mon égard, je ne pouvais donc que m'en séparer... mettez-vous à ma place...

_ (Venturi bien que connaissant la réponse) à propos, avez-vous été voir vous-même monsieur Pietroni en prison ?

_ Non... et je peux m'en expliquer.

_ (Venturi d'un ton légèrement ironique) Allons, tant mieux...

_ Ne tournons pas autour du pot, monsieur le commissaire. Mes dernières relations avec monsieur Pietroni n'étaient pas très bonnes. Je trouvais justement qu'il donnait trop d'importance à monsieur Derval... et à mon détriment naturellement. Je n'allais pas garder un homme qui voulait prendre ma place... Pour tout vous dire, Derval et Delépine me savonnaient la planche auprès de Pietroni... et cela faisait un certain temps que durait ce petit manège.

_ Finalement, l'inculpation de ce dernier vous a, peut-être, même sauvé la mise !

_ Ola, monsieur le commissaire. Je reconnais que c'est bien tombé pour moi, mais je ne suis naturellement pas concerné, ni de près ni de loin, par les ennuis judiciaires de monsieur Pietroni.

_ Mais je ne vous accuse pas, monsieur Blacher…. je ne vous accuse pas… Passons à autre chose, si vous le voulez bien. Savez-vous que les deux personnes qui ont remplacé messieurs Delépine et Derval sont des personnes qui sont connues défavorablement de la police marseillaise, en clair, d'anciens escrocs à la petite semaine…

_ Allons, allons, monsieur Venturi. Ne m'entraînez pas, non plus, sur ce terrain, j'ai du répondant. Il se trouve que je connais bien, et depuis longtemps, messieurs Viénot et Douair. Et pour cause. Ils ont déjà travaillé pour moi, il y a une dizaine d'années dans le domaine de l'immobilier. Depuis, c'est vrai, ils ont fait quelques bêtises mais pas bien méchantes, en vérité. Tout ceci c'est du passé. Ce sont désormais des gens sérieux et rangés. Je sais pouvoir compter sur eux. D'ailleurs, je vous précise qu'ils ne sont pris qu'en CDD. Je leur ai dit clairement « *Les gars, je ne vous prends qu'à l'essai… alors les bêtises de jeunesse, c'est fini…* » Vous voyez monsieur le commissaire, vous devriez même me féliciter. Je pratique la réinsertion de petits « repris de justice » à qui je redonne leur chance…

_ (Venturi léger sourire aux lèvres) n'en faites pas trop quand même. (se levant) Bien, monsieur Blacher, j'imagine que vous n'avez plus rien à me dire, en faveur ou en défaveur de monsieur Pietroni. Je ne suis pas regardant. Je prends tout ce qu'on me donne...

_ (Blacher faisant semblant de réfléchir) Je cherche, monsieur le commissaire, je cherche... mais vraiment, je ne vois pas...

_ Dans ce cas, notre entrevue est terminée. Bonne fin de journée monsieur Blacher. Et couvrez-vous bien, le vent est glacial...

_ (Blacher en souriant) Serait-ce une phrase à clé monsieur Venturi ?

_ Qui sait... (en raccompagnant son invité) au revoir monsieur Blacher... ne partez toutefois pas à l'étranger. Nous aurons probablement l'occasion de nous revoir...

20) Décantation

Au beau milieu du mois de janvier 1972, il faisait un froid vif et désagréable sur la cannebière, et peu de personnes se risquaient à sortir de chez elles ou du bureau. Dans l'enceinte vieillotte du commissariat du 7ème, on suivait le mouvement et il y avait un monde inhabituel qui se tenait chaud dans les locaux des différents services.

Justement, le commissaire Venturi était en pleine réunion de travail avec ses deux principaux adjoints. Les dossiers en cours étaient répertoriés, même les plus anodins quand naturellement le cas Pietroni fut abordé. Un cas qui avait un peu disparu de l'actualité, mais qui gardait une place à part dans la tête des trois policiers. Étant donné la thèse forte défendue par le commissaire – une vaste machination pour écarter Pietroni de sa société au profit d'un homme de paille travaillant pour le compte d'une organisation mafieuse s'adonnant au trafic de drogue - il fallait désormais pouvoir mettre sur la table des éléments concrets afin de valider cette hypothèse. Ne pas y parvenir, c'était envoyer directement Pietroni devant une cour d'assises. Dans les semaines précédentes cette réunion, Fonseca avait été chargé de suivre les communications téléphoniques du bar « Chez Jeannot » et celles des domiciles privés des trois clowns. Les trois hommes se trouvaient donc sous écoutes depuis désormais une bonne dizaine de jours.

Fort de ce recul, Venturi interrogea du regard son adjoint.

_ Alors, Manuel, les écoutes… ça donne quoi ?

_ Du bon et du moins bon, patron. Concernant les écoutes à leurs domiciles respectifs, je n'ai rien entendu d'intéressant. Ils téléphonent peu et toujours pour des sujets domestiques sans intérêt. Louvin et Verlinden ont téléphoné chacun une fois au cirque et ont appelé, Vendanza et Bricci… pour des questions de costume et de maquillage pour l'un, pour une histoire d'heure de passage pour l'autre…

_ Bien, et « chez Jeannot » ?

_ Rien pendant une semaine jusqu'à ce que Zemkine téléphone à l'étranger, une communication très courte et un peu curieuse.

_ Ah, intéressant ça… et pour dire quoi ?

_ D'abord, je n'ai rien compris puisqu'il parlait en russe à un correspondant visiblement russe lui-même mais bien sûr nous avons enregistré la conversation que l'on a traduite par la suite.

_ Alors, ça donne quoi en bon français ?

_ Déjà le premier truc à noter, c'est que son correspondant répondait du Luxembourg… ensuite, nous avons naturellement retranscrit les paroles échangées… je vous les lis tel quel : (Zemkine) « *salut Vladimir… comment ça va chez toi ?* » (Vladimir) « *bien, ça rentre normalement…* » (Zemkine) « *pas d'anicroches avec qui que ce soit ?* » (Vladimir) « *non, pas pour l'instant…* » (Zemkine) « *chez nous, l'administration ne sait pas trop sur quel pied danser… on pense qu'ils sont dans le brouillard…* » (Vladimir) « *comme d'habitude quoi !…* » (Zemkine) « *bon, puisque tout est ok, je raccroche, salut Vlad et bonjour chez toi…* »

(Vladimir) « *salut Igor, pareillement. Mes amitiés aux copains et à qui tu sais…* »

Venturi parla le premier

_ Votre conclusion ?

_ Déjà, et comme vous l'aviez laissé entendre, on sent que les deux correspondants ne se lâchent pas complétement. Ils se parlent… mais avec une certaine retenue comme s'ils savaient qu'ils pouvaient être écoutés… par exemple, la police est devenue selon moi une « administration »…

_ Continuez…

_ Ensuite, on apprend à la volée que Zemkine a un correspondant russe au Luxembourg qui s'appellerait Vladimir. Par ailleurs, ils parlent de la police en mode narquois, en tout cas pas comme le ferait monsieur tout-le-monde … enfin, la dernière phrase « *bonjour à qui tu sais* » c'est le pompon… ils se foutent de notre g… ou quoi ?

Venturi reprit la parole en souriant…

_ C'est du très bon travail Manuel… et vous savez pourquoi ?

_ ??

_ Parce que maintenant je sais pourquoi les clowns vivent chichement à Marseille

_ ??

_ Messieurs, je vous donne ma version. Les clowns sont encore assez jeunes et leur trafic doit être relativement récent.

Ils placent tous leurs gains, issus à la fois du trafic de drogue et du blanchiment d'argent dans un paradis fiscal, qui pourrait bien être localisé à Luxembourg. Et voilà pourquoi ils s'affichent en permanence comme de misérables clowns qui tirent le diable par la queue. Et ça marche ! Rappelez-vous la phrase de Lagrange « *foutez donc la paix à ces trois « pauvres » clowns qui vivent sans ostentation...* »

_ (Fonseca) Patron, j'insiste cependant. Vous n'avez pas comme une impression qu'ils nous baladent ?

_ Disons qu'ils ont un doute. Du coup, leurs propos sont ambigus, en tout cas, interprétables... pour moi c'est bien sûr volontaire. Mais je pense malgré tout que nos deux interlocuteurs ont vraiment échangé... de toute façon, continuez de les écouter. Il en sortira bien quelque chose. Autre sujet. Le consulat russe connaît-il Zemkine ?

_ (Fonseca). Oui, ils le connaissent bien. Il est arrivé en France en mars 1969. Ses papiers étaient en règle. Il s'est présenté comme saltimbanque. Ils lui ont demandé ce qu'il comptait faire chez nous. Il aurait répondu : « *trouver du travail dans un cirque et m'installer en France...* ». Vendanza l'ayant embauché en avril 1970, il a pu renouveler sa carte. Il a d'ailleurs obtenu son titre de séjour provisoire peu de temps après, un titre devenu définitif début 71.

_ (Venturi) remarquez au passage, messieurs, que si cet homme a un jumeau et que ce dernier est entré clandestinement en France, nous nous retrouvons bien avec deux Zemkine pour le prix d'un. Manuel, essayez donc de savoir par le ministère des Affaires étrangères si ce Zemkine avait un frère jumeau dans son pays… bien… à vous Antoine, votre filature de Leandro a-t elle débouché sur quelque chose ?

_ D'abord, grâce à son permis, j'ai obtenu son adresse. J'ai donc fait ma planque. À chaque fois qu'il a pris sa voiture, j'ai tenté de le suivre de loin, mais il m'a largué à cause des feux. J'ai donc changé de tactique. Je me suis garé directement à l'entrée des quartiers chauds du 16ème où se passent les trafics et j'ai attendu de voir si je repérais sa 404. Comme je vous l'ai déjà dit entre-temps, ce fut long et stérile jusqu'à une semaine de cela où je l'ai vu passer devant moi. Je l'ai suivi d'assez loin pour le voir s'arrêter à « la Plancha ». J'ai continué comme si de rien n'était. Une heure plus tard, je suis revenu déguisé en clochard et j'ai commencé à déambuler dans les cités avec mon kodak planqué dans un sac tout pourri. Je faisais consciencieusement les poubelles quand des voyous m'ont dit de foutre le camp. Je n'ai pas insisté, mais au moment de partir, j'ai eu le temps de voir Leandro à une centaine de mètres discuter avec un gars costaud portant une casquette.

_ On le connaît ?

_ Il était trop loin pour que je l'identifie. J'ai donc appelé l'office HLM du coin pour qu'il me donne les clés d'un appartement vacant dans une des tours avoisinantes. Je les ai obtenues, seulement, hier. C'est au 4ème d'une tour quasiment inhabitée tellement les appartements sont dégradés. Je vais m'y installer discrètement dès demain pour tirer des photos de tous les trafics visibles.

_ Bien Antoine, c'est du bon boulot. Vous me revenez dès qu'il se passe quelque chose au pied de votre tour… mais on est sur la bonne voie. L'indic de Filippi a reconnu visuellement Leandro. Il avait seulement un doute sur son contact. Il pense que c'est un dénommé « Toufic », le bras droit du caïd local. Ce dernier serait un Français d'origine polonaise, Adrien Gribowski, encore appelé « le Polak » ou « Adri ».

_ Je vous reviens sans faute, patron…

21) Équations

Le commissaire Venturi était un professionnel aguerri. Son équipe et Filippi lui avait permis d'avancer mais il fallait désormais lever le pied pour diminuer la pression que la police exerçait sur Alpha. Aussi, pour éviter que l'équipe d'en face ne revoie la tête de Génin, Venturi avait envoyé son troisième inspecteur – Bernard Merlaud – reprendre la planque de Génin dans l'appartement vide de la tour abandonnée. Cet adjoint s'en était d'ailleurs bien tiré. S'étant installé la nuit avec couvertures, bouteilles d'eau, magazines et gâteux secs, l'adjoint était resté à l'affût du moindre bruit. Au bout de quatre jours d'une planque plutôt pénible, car il faisait vraiment très froid là-haut, Merlaud avait lui aussi été le témoin d'une transaction entre Leandro et un comparse de la bande d'Adri.

Une dizaine de photos zoomées avaient été prises en rafale, ce qui avait permis à l'inspecteur de se retirer de cet endroit lugubre la nuit suivante, à son grand soulagement. Dans la journée qui suivit, Venturi et son équipe avaient examiné les photos prises desquelles il ressortait que c'était bien Leandro qui alimentait en drogue la bande du « polak ». Quel type de drogue ? Naturellement on s'en doutait un peu, mais Venturi se l'était fait confirmer par Filippi, celui de l'héroïne pure (ou déjà coupée ?!), vendue en petits sachets de poudre.

Désormais Venturi en savait assez pour poser la 1ère partie de l'équation Pietroni. Nous étions donc en face d'une organisation qui fournissait régulièrement de l'héroïne à un caïd local de Marseille.

L'argent liquide récupéré étant par la suite blanchi de moult façons, dont celle de probables fausses factures établies par diverses officines. Un trafic provisoire en attendant prochainement de passer à la vitesse supérieure par l'entremise de la nouvelle société amie, la HCPI. Car, pour Venturi, cette entité venait de passer tout entière entre les mains de l'organisation. D'abord grâce à un subterfuge sophistiqué, ayant permis d'en écarter le PDG, après lui avoir fait endosser le meurtre de son épouse, elle-même copropriétaire de la société. Ensuite pour avoir remplacé Pietroni au profit de son directeur général, un homme vénal et surtout débiteur de l'organisation. Enfin, pour avoir échangé des cadres majeurs et honnêtes de la société par des aigrefins expérimentés dans la falsification d'écritures comptables.

Dans cette partie de l'équation, Venturi et ses adjoints étaient également parvenus à mettre à jour l'équipe qui pilotait l'infiltration de la société HCPI. Elle dépendait d'un petit truand bien connu de la police locale s'appelant Valentin Ozuk, sous les ordres desquels travaillaient désormais les deux cadres douteux de la HCPI, Albin Douair et Jean-Pierre Viénot. Enfin, la police du 7ème avait également identifié un quatrième personnage, Miguel Leandro, jouant pour l'instant le rôle d'intermédiaire entre l'équipe d'Ozuk et le vendeur final de drogue, un caïd local de Marseille, du nom Adrien Gribowski.

Finalement, il était plutôt heureux que les premières investigations policières concernant les écritures douteuses de la société HCPI ne soient pas attendues avant la fin avril 1972.

Cela laissait le temps à Venturi et à son équipe de résoudre la seconde partie de l'équation. Car désormais, et si tout ce qu'échafaudait Venturi depuis le début se rapprochait de la vérité, il s'agissait de trouver le chaînon manquant. Celui permettant de relier l'équipe Gensbittel et ses clowns à celle d'Ozuk et ses cadres véreux. Car Venturi en était persuadé. Ozuk ne lui semblait pas avoir la carrure nécessaire pour piloter tout seul l'affaire et récupérer directement la drogue en provenance probablement d'Amérique du Sud. Le gros gibier commençait peut-être avec Gensbittel, mais se poursuivait plus probablement avec d'autres truands de plus grosse pointure encore. Qui donc ? Cette partie d'équation restait encore inconnue. Et d'ailleurs Gensbittel était-il le seul lien entre l'équipe Alpha et les dealers de Marseille ? Ou bien ce chaînon manquant ne serait-il pas l'un des frères Zemkine, où les deux réunis ou encore l'un des deux autres clowns ou même les quatre ?

D'autant que Venturi pressentait que l'organisation Alpha était, probablement, plus lourde que celle composée pour l'instant des seuls clowns et de Gensbittel ? En clair, qui chapeautait l'ensemble ? Un gros bonnet de la drogue installé à l'étranger ou des tiers locaux, disposant de certains moyens, dont celui d'acheminer régulièrement et illégalement de la drogue prohibée vers la Côte d'Azur. D'autres interrogations flottaient dans la tête de Venturi. Qui récupérait la drogue avant qu'elle ne soit fourguée aux dealers de Marseille ? Enfin, quel rôle jouait le mystérieux correspondant russe qu'avait appelé Zemkine ? Ce coup de fil était-il bidon pour égarer la police ? Ce serait vraiment inquiétant...

et pour finir quel rôle exact et obscur jouaient les banques luxembourgeoises dans cette affaire ?

Le commissaire Venturi en était arrivé à ce stade de sa réflexion quand il se mit à penser tout haut
« *commençons par le commencement. Il faut déjà établir que les frères « Zemkine » sont bien deux...* » Il convoqua ses trois principaux adjoints Manuel Fonseca, Antoine Génin et Bernard Merlaud. Il leur demanda de se poster tout autour du cirque, à bonne distance, dans leur véhicule personnel, de façon très discrète, naturellement. Les gens du cirque n'étaient pas si nombreux, une trentaine avait dit Dutertre, et concernant les artistes, ils devaient probablement passer une grande partie de leurs journées soit à s'entraîner soit à se détendre dans leurs roulottes.

Chacun des trois inspecteurs devait également changer de place fréquemment. Leur objectif était de photographier les mouvements d'entrées et sorties du personnel du cirque, dont celles de Zemkine seul ou accompagné... un petit manège dont la durée maximale avait été fixée par Venturi à 4 jours, du mercredi 2 février à midi au dimanche 6 en soirée. Naturellement, si Zemkine était photographié deux fois quittant ou entrant dans le cirque sans être revenu entre-temps, l'équipe devait plier bagage au plus vite. Mais dans l'hypothèse où cette planque collective serait plus longue que prévu, les trois inspecteurs seraient relayés toutes les six heures par une seconde équipe composée d'adjoints de sécurité.

22) Du concret enfin...

Le commissaire désormais ne perdait plus de temps. L'horloge tournait et il se rappelait qu'il avait un point d'étape à présenter au juge Lagrange à la mi-février. Pour continuer son enquête, il devait apporter du solide à cet homme qu'il savait intelligent, mais qui avait tendance à s'en tenir aux faits. La première soirée postée par la police pour surveiller les allées et venues des gens du cirque s'était, apparemment, bien passée. Grâce à son équipe, Venturi disposait donc de nombreuses photos rassemblées et regroupées sur la table de son bureau. À la grande satisfaction de tous, ce que pressentait Venturi se vérifia très vite à l'examen des photos. Dès le mercredi 2 février, vers 18 heures, après la représentation qui s'était terminée vers 17 heures, plusieurs photos montraient clairement Zemkine quitter le cirque en compagnie de Louvin, de Verlinden et de son écuyère.

Jusque-là, rien d'anormal, sauf que vers 22 heures 30, ce même jour, Zemkine quittait de nouveau le cirque, seul cette fois-ci, alors qu'aucune autre photo n'avait montré qu'il était, entre-temps, rentré dans le cirque, entre 18 heures et 22h30 ! À la demande de Venturi, on avait zoomé plusieurs photos des « deux » Zemkine quittant le cirque, l'un à 18h et l'autre à 22h30. Le résultat était hallucinant. Exactement le même homme apparaissait sur les deux épreuves. Deux vraies gouttes d'eau, accentuées par le fait qu'ils étaient habillés de façon identique : jeans noirs, longs manteaux noirs, santiags ocres, traits durs, systèmes pileux développés, large d'épaules, grands... inquiétants pour tout dire.

« *Enfin, du concret...* » pensèrent Venturi et ses hommes. Les clowns étaient donc bien quatre. Tout ceci ne prouvait pas formellement que Louvin et l'un des Zemkine étaient à Paris le 12 juillet dernier tandis que Verlinden et l'autre Zemkine – probable meurtrier de madame Pietroni – était à Marseille au même moment. Mais cela étayait assez fortement quand même les hypothèses du commissaire concernant l'existence probable d'une bande de malfrats sévissant à Marseille, qu'elle s'appelle Alpha ou non. De toute façon quelqu'un qui vit sans identité propre est au mieux un clandestin, au pire un repris de justice étranger en cavale.

Mais à cette heure interpeller cet homme n'était pas la priorité de Venturi. Et puis le risque serait grand de ne pas interpeller celui qu'on recherchait, le sans-papiers. Au bout de quelques minutes d'examen des photos, Venturi, penché sur la table, se releva bientôt l'air satisfait et annonça à ses hommes « *messieurs, cette journée est une bonne journée, car j'ai encore des choses à vous apprendre...* ». Devant l'air surpris de ses adjoints, Venturi leur précisa qu'il avait reçu en janvier dernier la liste des 288 passagers du train 8214 reliant Paris à Nice le 12 juillet dernier. Une liste que le commissaire avait retransmise aux propres services administratifs de la police de Marseille. Un document qui, après un examen desdits services, apprit à Venturi que sur tous les passagers recensés, seuls trois n'existaient pas administrativement. En clair, que ces trois intrus avaient voyagé sous un nom d'emprunt.

Trois inconnus... c'était plus que suffisant car cela pouvait signifier qu'au moins Louvin et l'un des Zemkine étaient bien revenus à Marseille par ce train le 12 juillet dernier, sous un des trois noms d'emprunt, en étant grimés naturellement.

L'inspecteur Fonseca fit remarquer que cette information constituait bien un indice supplémentaire de leur présence à Paris, à l'été 1971, mais ne constituait pas à proprement parler une preuve juridique, juste une présomption supplémentaire de culpabilité. « *J'en suis bien conscient* » lui avait répondu le commissaire « *mais tous les éléments, que nous avons réunis jusqu'à présent, prouvent que l'hypothèse initiale formulée – une magouille pour faire tomber Pietroni – prenait de la consistance un peu plus tous les jours* ». Quelques jours plus tard, le mardi 15 février 1972, le commissaire Venturi se rendit au bureau du juge Lagrange pour lui faire, comme ils en avaient convenu tous les deux, un point précis sur l'affaire Pietroni.

_ Entrez commissaire. Je vous attendais avec une certaine impatience. Asseyez-vous je vous en prie… et causons…

_ Concernant cette curieuse affaire, monsieur le juge, mes soupçons initiaux se sont renforcés, mais cette fois-ci j'ai des éléments concrets à vous présenter.

_ Je vous écoute…

_ Trois éléments sont désormais établis. Concernant le premier d'entre eux, une filière de drogue existe bien dans la zone dite de « la plancha » au cœur de l'habitat sensible du $16^{\text{ème}}$ arrondissement. Mes hommes ont bien flashé celui qui fournit l'héroïne à l'adjoint d'un caïd local, s'appelant Gribowski. Ce fournisseur est lui-même appointé par le patron véreux d'une société de services, la SMTS, un dénommé Valentin Ozuk, une fripouille que nous connaissons bien. C'est ce même Ozuk qui a introduit, dans la HCPI, deux cadres majeurs recrutés immédiatement par Jean-Pierre Blacher, dès qu'Ange Pietroni s'est retrouvé en prison.

Concernant le second élément, nous avons désormais la preuve qu'une organisation que l'on appellera Alpha, par simple commodité, tient Blacher à la fois par une grosse dette de jeu et par le fait qu'il s'est rapidement exécuté pour recruter deux spécialistes de faux en écriture. Or celui qui a plumé Blacher est l'un des trois clowns du cirque « la Bonne Mère ». un dénommé Patrick Louvin. La liaison « théorique » entre les deux bandes est ainsi établie.

Concernant le troisième élément, nous avons pu mettre en évidence, grâce à une planque particulière, que les clowns sont quatre et non pas trois. Le quatrième clown étant le frère jumeau de Zemkine. Attention cependant, mon adjoint, Manuel Fonseca, qui a récemment contacté à ma demande les services administratifs russes, m'a fait connaître que ces derniers n'ont pas connaissance de l'existence d'un frère jumeau à Zemkine.

_ (Lagrange) c'est plutôt fâcheux...

_ (Venturi d'un petit revers de main) j'ai appris depuis par l'ambassade française à Moscou que les services administratifs russes ne sont pas d'une grande précision à ce sujet, involontairement ou non... surtout s'il s'agit de repris de justice. Ils n'ont pas envie de les revoir...

Reprenons... dès lors que selon moi, les Zemkine sont deux, il y a tout lieu de penser que ce sont Louvin et le premier Zemkine qui se sont débrouillés pour que Pietroni se retrouve seul dans son compartiment le 12 juillet dernier. Par ailleurs que c'est bien Louvin qui a glissé le papier compromettant dans le veston de Pietroni. Que c'est Verlinden, le tout récent amant de l'écuyère qui se trouvait au bon moment sur la corniche vers 11 heures du matin le 12 juillet. Enfin que c'est le second Zemkine qui a poussé madame Venturi dans le vide avant d'enfourcher une grosse moto noire, la « kawa » des Zemkine.

_ Je reconnais que c'est probablement comme ça que les choses ont dû se passer. Arrêtez donc ce Zemkine inconnu et cuisinez-le. Pour en finir avec cette affaire, il nous faut désormais des aveux, car pour l'instant, il est seulement en infraction d'être sans papier et sans autorisation de séjour en France...vous les avez mis sous écoutes ?

_ Oui, pour l'instant cela n'a pas donné grand-chose. Je n'en suis pas surpris pour au moins deux raisons. La première, c'est que ces quatre gars-là se voient, suffisamment, à l'intérieur du cirque pour ne pas avoir besoin de se téléphoner. La seconde, c'est qu'ils sont particulièrement méfiants. Un gars comme Zemkine par exemple ne parle à personne... même si on a enregistré une communication qu'il a eue au Luxembourg auprès d'un autre correspondant russe.

_ Au Luxembourg ? Qu'ont-ils donc raconté ?

_ Rien de compromettant. Les deux sont restés évasifs même s'ils ont parlé négativement de la police.

Ils sont toujours sous écoutes dans un bar qui leur sont commun. On verra si cela donne quelque chose...

_ Je me répète Pourquoi n'arrêtons-nous pas ce Zemkine ?

_ Ils n'apparaissent jamais à deux. Arrêter Zemkine, oui... mais lequel ? si ce n'est pas le bon, on est grillé ! D'autre part, c'est trop tôt. Il faut infiltrer davantage cette organisation pour arrêter les vrais donneurs d'ordres.

_ Bien... alors qu'attendez-vous de moi, commissaire ?

_ Du temps, monsieur le juge, du temps.... j'attends la fin avril pour diligenter un contrôle fiscal chez HCPI. Par ailleurs, nous allons surveiller de très près « l'impresario » des trois clowns, le dénommé Mathieu Gensbittel. Un escroc notoire dont on croyait qu'il s'était un peu rangé.

_ Vous pensez qu'il serait le boss entre l'équipe d'Ozuk et Alpha ?

_ Peut-être... mais j'ai du mal à le croire tant je pense que c'est resté une petite pointure. J'imagine plutôt que c'est un simple relais de l'organisation. Il serait là pour transmettre anonymement les ordres d'Alpha aux clowns. Dans cette hypothèse, ces derniers ne seraient que des hommes de main de l'organisation, surtout les Zemkine qui sont probablement des tueurs professionnels. Quand ils sont habillés en civil, ils font carrément peur...

_ Naturellement vous n'avez aucune idée de qui tire les ficelles d'Alpha ? Vendanza peut-être ?

_ Vendanza le parrain ? C'est vrai qu'il ressemble à Marlon Brando, mais pour moi, ce n'est pas lui... il y a de fortes chances même que les clowns fassent déjà la loi dans son cirque. Ce serait plutôt une victime... pas un acteur...

_ Bien... on se revoit quand ?

_ Dès que j'ai du vrai nouveau, monsieur le juge, je vous en ferai part, immédiatement...

_ Merci, commissaire... je vous garde toute ma confiance pour la suite de cette enquête difficile. Naturellement, on garde Pietroni en préventive ?

_ Naturellement... c'est une situation pénible pour lui, je le reconnais, mais je me demande s'il n'est pas plus en sécurité aux Beaumettes que dehors...

_ Alors, à bientôt commissaire et bonne chance...

23) Rue des Mouettes

En cette soirée du 22 février, vers 20h30, il faisait plutôt frisquet rue des Mouettes sur les hauteurs de Marseille. C'était une rue coquette située dans le très chic troisième arrondissement de la cité phocéenne. Pourtant, ce soir-là, ce passage était plutôt sombre. La faute à l'un des éclairages urbains ne fonctionnant plus très bien depuis déjà deux soirs.

Naturellement, étant donné l'heure tardive observée, la rue était déserte et silencieuse. Un silence bientôt interrompu par le léger bruit feutré d'une voiture s'approchant doucement du n° 8. Une belle « Mercédès » grise finit par s'immobiliser de laquelle sortit un homme de taille moyenne, cheveux noirs coiffés en arrière. Ce dernier se posta sur le trottoir, alluma une cigarette et inhala avec un plaisir évident les premières combustions de nicotine. Il fit alors un signe au chauffeur du véhicule lui signifiant qu'il pouvait quitter la place. La grosse berline s'éloigna en silence.

Une fois seul, et comme il en avait pris l'habitude, l'homme fit quelques pas devant une magnifique résidence, son domicile probablement. Au détour d'une rue perpendiculaire à la rue des Mouettes, une silhouette silencieuse apparut, se dirigeant bientôt vers le fumeur solitaire. Ce dernier, voyant ce passant lambda s'approcher s'entendit lui dire une petite phrase amicale de bon voisinage « *pas chaud ce soir, hein …* » L'homme, emmitouflé lui-même, le visage à moitié caché, grand et large d'épaules lui répondit brièvement une phrase gutturale « *cuzapema осужденного, товарищ*[3] ». Puis il sortit de sa poche, une arme à feu de gros calibre qu'il pointa très vite sur le front du fumeur, appuya sur la détente pour lui faire sauter la cervelle au sens propre comme au sens figuré. Le tueur s'était arrêté brièvement pour exécuter sa victime qui gisait sur le trottoir, un trou rougeâtre sur le front.

L'homme emmitouflé quitta les lieux tranquillement sans courir, n'ayant nul besoin de le faire dès lors qu'il avait utilisé un silencieux. Il disparut par la rue d'où il avait surgi. Bientôt, une atmosphère pesante enveloppa la rue des Mouettes. Cela dura bien une demi-heure au terme de laquelle un passant qui promenait son chien, en voyant un homme gisant sur le trottoir, appela rapidement police secours pour qu'elle se rende sur place. En fin de matinée, le lendemain du 22 février, le téléphone du commissariat du VIIème sonna. Par souci d'efficacité, l'ensemble des commissariats marseillais était informé des dossiers lourds suivis par chacun d'entre eux. En clair, tout le monde, dans le milieu policier, connaissait l'affaire Pietroni, d'autant que c'était le célèbre Venturi qui la couvrait personnellement.

_ Allo, Albert, c'est Francis du IIIème…

_ (Venturi) comment vas-tu ?

_ Moi, bien… c'est plutôt l'un des protagonistes de ton affaire Pietroni qui n'est pas à l'aise… on l'a retrouvé mort hier soir vers 21 heures devant son domicile, d'une balle en plein front. Imparable…

_ Son nom ?

---

[3] « La cigarette du condamné, camarade… »

_ Blacher... Jean-Pierre Blacher. C'était le nouveau patron de la HCPI, je crois, celui qui avait succédé à Pietroni. Dis donc, il est sulfureux ce poste ?

_ Blacher exécuté ? M..., je ne m'y attendais pas à celle-là. (après un temps de réflexion) oui, il faut croire que le poste est sensible. Tu as les coordonnées de celui qui l'a découvert ?

_ Bien sûr... on a tout ça, je te rassure...

Le commissaire Venturi reposa le combiné, se cala dans son fauteuil et se mit à réfléchir. Ce nouveau crime changeait un peu la donne. Cette fois-ci, se dressait devant la police un gang criminel qui n'hésitait pas à éliminer toute personne ne faisant plus partie du plan final, ou qui devenait gênante pour l'organisation. Après quelques minutes de réflexion, il téléphona à la HCPI.

_ Mademoiselle, ici la police du VIIème. Pouvez-vous me passer un responsable de la société ?

_ (au bout de quelques secondes d'attente) Allo, qui est à l'appareil ?

_ Commissaire Venturi. Vous-même, vous êtes... ?

_ Monsieur Douair, le directeur financier de la société.

_ Bonjour, monsieur Douair. J'imagine que vous avez été informé du décès hier soir par homicide de monsieur Blacher ?

_ Oui, cette information nous a été donnée par le commissariat du IIIème en début de matinée. Un événement à la fois triste mais surtout sidérant et très fâcheux pour le renom de la HCPI.

Pour votre information, le directeur du Personnel, monsieur Viénot, s'est rendu sur place. Il n'est pas encore rentré...

_ Monsieur Blacher se sentait-il menacé ?

_ Pas particulièrement. En tout cas, cela ne se ressentait pas dans nos dernières réunions de travail.

_ Avez-vous une idée de qui va le remplacer ?

_ Il est sans doute trop tôt pour être affirmatif. Mais enfin, nous avons appris que le fils de madame Pietroni, Jérôme Duroc, avait récupéré par succession les 35% d'actions que sa mère détenait dans la société. C'est sans doute lui qui va reprendre l'affaire...

_ Directement ?

_ Je ne sais pas... cela m'étonnerait... il va sans doute déléguer quelqu'un de son propre groupe... enfin, c'est mon idée, mais naturellement, à cette heure, tout ceci est de la pure spéculation...

_ (En raccrochant) Je vous remercie monsieur Douair de cet échange et de l'info concernant Jérôme Duroc...

Le commissaire se cala de nouveau dans son fauteuil. et commença à réfléchir « *Qu'est ce que c'est que ce foutoir... quel tour ça prend cette affaire ?... on me balade à mon tour ou quoi... quel rôle joue Duroc ? il fait partie de la bande ou on voudrait me le faire croire... curieuse et désagréable cette fréquente impression d'être manipulé... en tout cas, il y en a deux que je veux voir fissa...* ».

24) À fleurets mouchetés

Vendredi 25 février 1972, en matinée...

_ Monsieur Venturi, votre premier rendez-vous est là ? Je le fais entrer ?

_ Oui, (en voyant monsieur Louvin pénétrer dans son bureau) entrez, monsieur Louvin, installez-vous, je vous en prie...

Patrick Louvin, un bel homme encore jeune, allure sportive, au regard perçant, à la démarche souple s'installa avec beaucoup de naturel devant le commissaire

_ Bonjour, monsieur le commissaire, vous m'avez demandé de passer vous voir en personne. J'en suis assez surpris... j'ai brûlé un feu rouge ?

_ Non, si vous êtes devant moi ce jour, c'est que nous enquêtons sur une affaire un peu compliquée, dans laquelle vous seriez peut-être impliqué à la marge...

_ (ton légèrement narquois) À la marge dites-vous...

_ Connaissez-vous monsieur Blacher ?

_ Blacher ? Jean-Pierre Blacher ? Bien sûr que je le connais. On a souvent fait des parties de poker ensemble dans une salle de jeux. Le Fandango, vous connaissez ?

– Oui, oui, poursuivez

_ Ben...poursuivre quoi ?

_ On m'a rapporté que vous l'aviez plumé il y a quelque temps. Vous confirmez ?

_ Oui… il est vraiment mauvais… quand il a du jeu, il se frotte le nez… quand il n'a rien, il met sa tête en arrière… c'est même pas drôle…

_ Combien a-t-il perdu ce jour-là ?

_ Environ 50 000 francs

_ Belle somme pour un petit clown de banlieue…

_ Ah, vous savez que je suis clown ?

_ Il vous a remboursé sa dette ?

_ Non, figurez-vous… et je vais vous dire pourquoi avant que vous ne me posiez la question.

_ Je vous écoute

_ En fait, je savais qu'il était directeur général d'une grosse boite de promotion immobilière, je crois, et j'ai fait un marché avec lui

_ Un marché ? de quelle nature ?

_ Qu'il m'embauche dans sa boîte quand je le lui demanderai…

_ Je ne comprends pas très bien…

_ En fait, j'en ai un peu marre de faire le clown au sens propre comme au figuré… j'approche de la quarantaine et j'aimerais bien tourner la page… ça va peut-être vous surprendre, mais j'ai fait des études supérieures… Malheureusement pour moi, j'ai toujours été un peu dilettante… ce qui entraîne que j'ai fait mille métiers avant d'atterrir dans ce cirque… mais comme je ne suis pas un enfant de la balle, j'aspire désormais à d'autres horizons…

_ Bien, vous vouliez donc quitter le cirque et aller chez la HCPI. Pourquoi ne l'avez-vous pas fait ?

_ Je vous l'ai dit. Ça reste pour l'instant un projet... je travaille avec deux autres clowns, un belge et un russe qui sont de bons copains. J'attends encore un peu avant de les laisser tomber... je deviens sentimental en prenant de l'âge...

_ Avez-vous revu récemment monsieur Blacher ?

_ Non, ça fait un bon moment qu'il n'est pas repassé au Fandango... je crois qu'il est très occupé par sa boite de promotion.

_ Donc, vous ignorez qu'il s'est fait tuer, il y a trois jours de cela

_ ??!!! Vous rigolez, monsieur le commissaire... c'est une blague... Blacher mort ? qui l'aurait tué ?

_ He bien justement,... on cherche... encore que j'en ai une petite idée...

_ (ne relevant pas le dernier mot de Venturi) Mort Blacher.... c'est incroyable... vous dites que vous connaissez celui qui l'a descendu...

_ Personne n'a vu le meurtrier. Donc, je ne peux que formuler des hypothèses. Si ça vous intéresse, je peux vous donner le nom auquel je pense. C'est d'ailleurs également pour cela que vous êtes devant moi aujourd'hui...

_ Je ne comprends pas. À qui pensez-vous ?

_ À votre copain Zemkine !

_ Igor ? elle est bien bonne celle-là... Il sait à peine dans quelle région de France il fait le clown. Vous vous trompez lourdement monsieur le commissaire. En plus, on est assez fréquemment ensemble. Ça s'est passé quand ce meurtre ?

_ Le soir du 22 février dernier, il y a trois jours, devant le domicile de Blacher... entre 20 et 21 heures...

_ Le 22 au soir vous dites (Louvin faisant appel à sa mémoire) bingo... on était tous ensemble au restaurant « la Bouille à Baisse ». même qu'on a charrié Igor parce qu'il mangeait comme un cochon...

_ Vous étiez combien ?

_ Quatre. En plus de moi, il y avait Verlinden et sa nénette, une fille qui travaille également dans le cirque et donc Zemkine...

_ Lequel ?

_ Quoi, lequel ?

_ Lequel des frères Zemkine...

_ De quoi parlez-vous ?

_ Igor Zemkine a un frère jumeau... vous ne le saviez pas ?

_ Qu'est-ce que c'est que cette histoire ? Igor n'a pas de frère... on le saurait quand même...

_ Alors ça veut dire que mes inspecteurs ont vu récemment un spectre. Un inspecteur qui boit, ça s'est déjà vu, mais six, c'est déjà plus rare...

_ Qu'est-ce que vous me racontez... je ne comprends rien à ce que vous dites...

_ Bien... on va vous aider à comprendre (sortant de son tiroir deux photos). Je vous montre deux photos. La première, vous voyez, c'est vous le 2 février dernier avec les trois autres comme à la « Bouille à Baisse ». Vous êtes en train de quitter le cirque. Vous vous reconnaissez ?

_ Oui, c'est nous... vous me surveillez donc ? mais pourquoi diable ?

_ On en reparlera plus tard. Cette photo a été prise à 18 heures précises. Maintenant, je vais vous en montrer une seconde. Vous voyez, c'est de nouveau Zemkine qui quitte le cirque mais cette fois-ci... il est seul.

_ Ou voulez vous en venir ?

_ Cette seconde photo a été prise le soir du 2 février dernier, vers 22h30. Le problème vient du fait que mes gars ne l'ont jamais vu rentrer seul cette soirée là. Que pensez-vous alors de ce spectre ?

_ (Louvin faisant la moue) Que voulez-vous que j'en pense ?... On ne se surveille pas mutuellement. Si Igor a un frère jumeau qui vit clandestinement en France, c'est son problème et ça devient le vôtre. Vous n'avez qu'à le coincer et lui demander des explications. C'est tout ce que j'ai à dire sur cette info très surprenante... même pour moi.

_ Ça ne vous surprend même pas que lui aussi et comme par hasard il sorte du cirque ?

_ Si ce sont des frères jumeaux, et que l'un est en cavale, ils se voient là où ils peuvent je suppose. Mais moi, je n'ai jamais vu qu'Igor…

_ Bien… puisque vous êtes là… avez-vous entendu parler de l'affaire Pietroni ?

_ Oui, Blacher nous en a parlé au Fandango. Le PDG de sa boite se serait fait coincer par la police parce qu'il se serait débarrassé de son épouse grâce à un tueur à gages… je vous avoue que sur le coup, on ne l'a pas cru parce qu'il a toujours été un peu mytho le père Blacher puis on a lu l'affaire dans les journaux… et on a compris que c'était vrai… c'est tout ce que je sais de cette histoire…

_ Dans l'une de vos mille vies précédentes, avez-vous vendu de belles voitures à de riches patrons ?

_ (fronçant les sourcils) Mais qu'est ce que vous racontez ? Je ne comprends pas la moitié de ce que vous me dites. D'ailleurs, je ne sais toujours pas pourquoi je suis là devant vous aujourd'hui ?

_ Je vous l'ai déjà dit. Étant donné que monsieur Blacher a été assassiné, nous cherchons tous ceux qui pouvaient avoir un mobile pour commanditer ce crime. Or monsieur Blacher vous devait 50 000 francs.

_ Elle est bien bonne celle-là. Monsieur le commissaire, dans cette affaire, finalement le grand perdant c'est moi, et doublement d'ailleurs. Car, d'une part, je viens d'apprendre non seulement que je ne toucherai jamais cette belle somme mais qu'en plus, mon plan B de reconversion est foutu… la disparition de monsieur Blacher est donc une très mauvaise nouvelle pour moi. Cela dit, (un peu agacé) en avez-vous fini avec moi commissaire ?

_ Oui, vous pouvez partir monsieur Louvin, mais restez dans les parages… on ne sait jamais, peut-être que nous nous reverrons !

_ Ça tombe bien, le cirque dans lequel je travaille est sédentaire. Bonne journée commissaire…

_ (en le raccompagnant) Bonne journée, monsieur Louvin et passez mon salut aux Zemkine… (Louvin ne répondit pas. Seule sa prunelle gauche brilla d'un intense éclat une fraction de seconde)

25) Tensions

Le vendredi 25 février, dans l'après-midi

_ Monsieur Venturi, votre second rendez-vous est là ? Je le fais entrer ?

_ Oui, s'il vous plaît… merci

_ (pénètre alors monsieur Jérôme Duroc, un homme sec, au visage anguleux, cheveux courts, guère avenant pour tout dire) Entrez monsieur Duroc, merci de vous être rendu disponible si rapidement

_ Bonjour commissaire. Je suis venu également, car je suis le fils d'une femme qui était formidable. Elle a été assassinée d'une façon ignoble et je tiens à savoir par qui et pourquoi ?

_ Monsieur Duroc, même si du temps s'est écoulé, je vous renouvelle mes condoléances…

_ Merci. Avez-vous des choses nouvelles à m'apprendre ?

_ Je peux déjà vous dire que ce crime est complexe à résoudre. Les différentes personnes dont nous pensons qu'elles ont un lien avec cette affaire se comportent comme de véritables anguilles, vous savez ces espèces de poissons-serpents visqueux et qui se contorsionnent…

_ (sans relever) En définitive, pensez-vous que Pietroni a fait tuer ma mère, oui ou non ?

_ Je n'en sais rien…probablement non, mais certaines choses ne sont pas claires dans cette affaire…

_ Ce qui veut dire ?

_ Attendez monsieur Duroc... n'inversons pas les rôles. Dans ce bureau, c'est moi qui pose les questions et justement j'en ai une première à vous poser...

_ Je vous écoute ?

_ Êtes-vous informé que monsieur Blacher, celui qui avait pris les rênes de la HCPI après l'arrestation de votre beau-père a été assassiné froidement il y a 3 jours, devant son domicile ?

_ (sans montrer d'émotions particulières) Le directeur actuel du personnel, un certain Jean-Pierre Viénot, m'a prévenu par téléphone dans l'après-midi du 23.

_ Qu'en pensez-vous ?

_ Qu'en l'absence de Pietroni cette boite va à vau l'eau et que cela ne me plaît naturellement pas...

_ Justement, selon vous, que va-t-il se passer désormais pour la HCPI ?

_ Pour le souvenir de ma mère et parce que je suis un homme d'affaires, dès lors que j'en suis désormais devenu l'actionnaire majoritaire, je vais la diriger.

_ Malgré ce qui est arrivé à monsieur Blacher ?

_ Ce serait trahir l'héritage moral et financier que m'a laissé ma mère. Dans ma famille, côté maternel, on ne recule pas devant l'adversité, on fait face...

_ Donc, vous allez nommer un nouveau patron chez HCPI ?

_ Oui, je vous le confirme. Je peux même vous donner son nom... Michel Dufraisse...

_ Un de vos adjoints ?

_ Oui, c'est le directeur actuel de ma propre société de promotion « Promo-06 » localisée à Nice. À terme, il est d'ailleurs possible que je fusionne ces deux entités.

_ Donc, pas d'inquiétudes particulières ?

_ Je ne suis pas inconscient. Dufraisse va rapidement faire l'inventaire de ce qui va et de ce qui ne va pas dans cette société et nous en tirerons toutes les conséquences, au plan organisationnel notamment. En outre, je vais probablement étoffer le service de sécurité...

_ Monsieur Duroc, à ce sujet puis-je vous parler de façon directe ?

_ Allez-y...

_ Nous avons tout lieu de penser que l'affaire que, désormais, nous pouvons appeler « Pietroni-Blacher » nous emmène tous dans un cycle de grande violence.

_ Que voulez-vous dire ?

_ Je veux dire par là que monsieur Pietroni n'est pas, forcément, en prison parce qu'il aurait voulu se débarrasser de votre mère qui ne voulait pas lui revendre ses actions mais parce qu'une organisation mafieuse veut s'emparer de sa société.

_ (l'air agacé, fronçant les sourcils) C'est quoi cette histoire ?

_ Si monsieur Blacher a été exécuté froidement – je dis bien assassiné – c'est qu'il a été évincé du gang qui l'employait jusqu'alors.

Comme il était plutôt une pièce rapportée, ce gang a probablement estimé que Blacher n'était plus assez fiable dans cette histoire ou encore que l'on n'avait plus besoin de lui.

_ De quoi parlez-vous ? Où voulez-vous en venir monsieur le commissaire ?

_ Voyez-vous, selon la police, la HCPI est désormais « infestée » de personnes travaillant pour ce gang. Malgré cela, nous ne souhaitons pas que vous vous occupiez de changer le personnel cadre de cette société. D'abord car vos remplaçants seraient, eux aussi, en réel danger de mort. Ensuite, car cela nous ferait perdre beaucoup de temps dans ce que nous essayons de mettre en place pour coincer cette bande.

_ (de plus en plus agacé) Je ne comprends pas très bien ce que vous essayez de me dire. Qui va diriger cette société si je ne nomme personne ?

_ Je souhaite que vous revendiez vos actions. Le nouvel acheteur serait celui qui dirigerait la société.

_ (Les yeux exorbités) Vous voulez plaisanter, monsieur le commissaire !!

_ Pas du tout. Je pense au contraire vous rendre un grand service. Vos affaires marchent bien d'après ce que l'on m'a dit. Vous n'avez pas besoin de la HCPI pour bien vivre, d'autant que vous n'êtes pas marié si l'on m'a bien informé …

_ (en serrant les dents, l'œil noir) Si je m'attendais à entendre cela en venant chez vous ! Écoutez, commissaire, je préfère oublier tout ce que vous venez de dire. Ne vous mettez surtout pas à ma place.

Je n'ai pas peur de vos supposés gangsters. Blacher était sans doute un tordu qui a dû se créer pas mal d'ennemis dans tous les milieux interlopes de Marseille qu'il fréquentait. Je vous ai déjà dit par ailleurs qu'à l'image de ma mère, j'ai l'habitude de faire face. À ce jour, je suis désormais le principal actionnaire de cette société et je vais la développer encore. Dès lors, cette conversation est terminée...

_ Comme il vous plaira monsieur Duroc... je ne peux que regretter une telle décision, mais vous avez le droit pour vous. Au revoir monsieur Duroc... car nous nous reverrons soyez-en sûr...

26) Fourmilière

Finalement, dans cette affaire délicate, les derniers évènements dictaient l'attitude présente et à venir de Venturi. L'assassinat de Blacher rebattait les cartes. À la suite des propos échangés avec le fils Duroc, la situation pouvait se résumer comme suit. Oui ou non, ce dernier faisait-il partie lui-même d'Alpha ? Si c'était le cas, cela expliquerait son relatif détachement vis-à-vis du danger couru et surtout son insistance à reprendre l'affaire. De toute façon, la police se devait désormais de mettre un coup de pied dans la fourmilière. Car après tout, lorsque Venturi faisait le point complet sur cette affaire, bien des choses pouvaient déjà être mis sur la table. Il y avait d'abord l'existence avérée d'un 4ème clown non déclaré, permettant de supposer que la présence de deux autres clowns avait suffi à Paris pour mettre en cause Pietroni dans le crime perpétré contre son épouse.

Il y avait également le fait que l'impresario des clowns – Mathieu Gensbittel - était un homme déjà connu de la police et de la justice et que les deux cadres entrants dans la HCPI étaient eux-aussi fichés par la police. Des cadres se trouvant jusqu'alors sous la coupe d'un truand local (Ozuk) qui pouvait désormais compter sur les services d'un quatrième comparse également connu des services de police (Leandro). Enfin que c'était ce dernier qui avait été photographié à l'occasion d'une transaction de stupéfiants avec le second d'un caïd local, du nom Adrien Gribowski.

Tous ces faits s'additionnaient. Certes, le commissaire Venturi aurait bien aimé attendre la fin avril 1972 pour lancer son enquête fiscale et administrative sur la HCPI, mais sous la pression des derniers évènements observés, dont l'assassinat de Blacher, il n'était plus temps de tergiverser. Au préalable, Venturi se devait cependant d'informer le juge Lagrange qu'il allait partir dans trois nouvelles directions. D'abord arrêter Leandro en flagrant délit lors d'une prochaine transaction. Ensuite, avancer le contrôle fiscal prévu de la HCPI dès la fin février 1972. Enfin, mettre parallèlement sous surveillance téléphonique toute la bande d'Ozuk, Gensbittel et même Jérôme Duroc, ce qui devait compléter les écoutes déjà existantes sur les trois clowns. Enfin, pour boucler son dossier, Venturi demanda également à Fonseca de faire une enquête discrète sur le dénommé Michel Dufraisse, celui qui allait bientôt reprendre la direction générale de la HCPI.

Le lundi 28 février, Venturi appela le juge Lagrange pour lui indiquer que l'assassinat de Blacher précipitait les choses et qu'il se sentait obligé d'agir dès maintenant. Le juge fut naturellement ravi que l'enquête passe à la vitesse supérieure. Que l'on traque enfin cette bande de malfaiteurs qu'il jugeait, en son for intérieur, un peu trop ménagée jusqu'à présent. Il s'empressa donc de valider la demande du commissaire pour que ce dernier puisse donner ce fameux coup de pied dans la fourmilière !

27) Faux-semblant

Ce fut le vendredi 3 mars 1972, vers 17 heures, qu'une équipe de police dirigée par l'inspecteur Fonseca arrêta Miguel Leandro juste au moment où il allait s'engager dans la zone sensible de « la Plancha ». Rapidement, on le fouilla sous toutes les coutures et très vite on retrouva dans sa sacoche une dizaine de sachets de poudre blanche caractéristique de l'héroïne. Sur place, Leandro, après avoir été menotté commença à gesticuler et à s'en prendre aux quatre policiers qui l'entouraient. « *Mais qu'est-ce que vous faites... de quel droit m'arrêtez-vous ?... que me reprochez-vous ?...* » permettant à Fonseca de lui mettre sous le nez l'un des sachets de poudre blanche « *Ça mon gars... ce qu'on te reproche, c'est que tu es surpris en flagrant délit de trafic de drogue...* »

(Leandro) : « *Mais vous êtes fou... ce n'est pas de la drogue, c'est un petit mélange tout à fait inoffensif de codéine dans lequel il y a des traces de méthadone. C'est un médicament parfaitement légal pour aider au sevrage des personnes qui sont en addiction... monsieur Ozuk, mon patron, a décidé de faire œuvre de santé publique dans les quartiers difficiles. Son but est de se constituer une nouvelle clientèle dans les quartiers nord de Marseille... où est le mal ?* ».

Fonseca, bien que déstabilisé un bref instant, repris « *C'est ça mon gars... c'est de la farine ton truc et tu es mère Térésa mais on aura tout le temps de démêler tout ça au commissariat...* » De fait, tout ce petit monde se retrouva au commissariat du 7ème où Venturi attendait son adjoint. Rapidement on expertisa les sachets et force fut de constater que Leandro disait vrai.

Le produit récupéré n'était pas de l'héroïne mais une espèce de placebo médical, tout à fait inoffensif. Un produit qui empêchait qu'on garde plus longtemps Leandro dans les locaux de la police. Une fois passé le brouhaha de ce fiasco policier, Venturi agacé fit venir dans son bureau ses deux inspecteurs Fonseca et Génin. La conversation suivante s'engagea entre les trois hommes.

_ (Venturi) Je me suis souvent posé la question de savoir pourquoi le cambriolage de Meudon et le vol à la sauvette du portefeuille de Delcourt avaient été bâclés. Nous avons aujourd'hui une réponse claire. C'était bien pour m'engager sur une fausse piste me déconsidérant devant le juge et entérinant par la même occasion la culpabilité définitive de Pietroni.

_ (Fonseca) Attendez patron. Il nous reste les conclusions de l'équipe qui expertise les comptes de la HCPI. Ils viennent de commencer depuis fin février et doivent rendre leurs conclusions à la fin du mois.

_ (Venturi) Ils ne trouveront rien, je vous en fiche mon billet ! Le remplacement des deux cadres initiaux, Delépine et Derval par des hommes aussi douteux que Viénot et Douair a été fait pour m'appâter une seconde fois. J'y ai cru d'ailleurs faute de mieux. Mais dans cette histoire, je reste persuadé qu'il existe bien une escroquerie parallèle en cours. Une escroquerie, dont le fait que je sois bientôt déconsidéré auprès de Lagrange, fait partie du scenario initial. Vous verrez qu'après ces deux « casquettes » le juge va tout reporter sur Pietroni, médias impatients obligent... bien joué Alpha !

_ (Génin) Vous êtes peut-être trop pessimiste patron. Les deux dossiers – le trafic de drogue et le blanchiment – sont, peut-être, vraiment décorrélés.

_ (Venturi, faisant la moue) Messieurs, rendez-vous dans trois semaines quand les experts financiers auront rendu leurs conclusions sur la compta de la HCPI. On verra si mon pressentiment est le bon et que je me suis planté une seconde fois...

Ce fut le jeudi 30 mars 1972 que la police put consulter le rapport détaillé des experts ayant planché un mois entier sur les comptes de la HCPI. Comme l'avait pressenti le commissaire Venturi, la société fonctionnait normalement. Le directeur financier Albin Douair, en place depuis la mi-septembre 1971, avait pu produire toutes les pièces justificatives en remontant jusqu'à cinq ans en arrière. Toutes les écritures comptabilisées étaient assorties de pièces probantes. De même, les facturations étaient établies au prix du marché. Enfin, aucune variation suspecte ne fut relevée dans les différents comptes de trésorerie de la société. Les experts s'étaient également assurés que les plus grandes prestations effectuées se retrouvaient bien dans les comptes des principaux fournisseurs et clients de la HCPI. Rien.... on n'avait rien trouvé ! la HCPI était parfaitement saine même si ses résultats annuels n'étaient peut-être pas aussi bons qu'on aurait pu l'imaginer. Second échec pour le commissaire. Un échec qui ne le surprit pas, mais qui le mit à cran. Les choses ensuite se passèrent comme il était prévisible. Le juge reçut Venturi le 4 avril suivant. La discussion fut cordiale, mais comme le commissaire s'y attendait, monsieur Lagrange lui demanda de clore l'enquête préliminaire.

La date butoir initialement fixée au 30 juin était désormais ramenée au 30 avril. Pour Venturi, les choses étaient claires. Il ne lui restait plus que quatre semaines pour retourner la situation…

28) Un sang nouveau

Deux semaines plus tard cette dernière discussion avec le juge, qui semblait marquer la fin des espoirs de trouver de nouvelles pistes dans cette sombre affaire, le téléphone de Venturi sonna. À l'autre bout du fil l'inspecteur Génin informa ce dernier que l'on venait de découvrir le corps d'Ozuk chez lui. Tué net d'une balle dans le front. Le même mode opératoire qu'avec Blacher...

_ (Venturi) Qui a découvert le corps ?

_ Sa femme de ménage. Il vivait seul, semble-t-il, dans un bel appartement du côté d'Endoume. La police du coin a cherché à vous joindre, sans résultat...

_ Des indices ?

_ Plutôt, oui ! L'appart a été mis sans dessus dessous. Celui qui l'a tué cherchait visiblement quelque chose.

_ Donnez-moi l'adresse. On se retrouve là-bas dans une heure. Tachez que Fonseca et la femme de ménage soient présents. Bientôt, au 109 rue Balthazard, une grande effervescence régna. La police avait bouclé le quartier. Il fallait prouver son identité pour pouvoir quitter ou regagner son domicile. Le médecin légiste, appelé également en urgence, ayant conclu que la mort datait de la veille, entre 21 heures et minuit, on avait déjà transféré le corps d'Ozuk à la morgue. L'immeuble était cossu et ne comptait que 16 propriétaires. Une fois rendu sur place, Venturi pris à part la femme de ménage et demanda à ses deux inspecteurs d'interroger les propriétaires présents chez eux hier soir. Peut-être l'un d'entre eux savait-il quelque chose à propos de ce nouveau meurtre ?

La femme de ménage s'appelait Antoinette Bigeon. Depuis 10 heures du matin, sur demande de la police, elle était restée sur place. C'était une femme râblée, aux cheveux courts, sans grâce particulière semblant avoir une cinquantaine d'années. Assise sur un fauteuil de cuir, elle attendait qu'on l'interroge, pas plus affectée que cela, l'air un peu bougon...

_ Bonjour madame. Je suis le commissaire Venturi en charge de cette affaire.

_ (en se levant du fauteuil) Bonjour monsieur...

_ Rasseyez-vous, je vous en prie. (s'installant à côté d'elle) Reprenons du début, si vous le voulez bien. À quelle heure avez-vous pris votre service ?

_ À 10 heures, comme tous les mardis...

_ La porte de l'appartement était fermée ?

_ Oui...

_ Pouvez-vous me décrire la scène quand vous êtes entrée ?

_ J'ai vu tout de suite monsieur Ozuk, par terre, au milieu de la salle à manger... Il y avait du sang séché sur la moquette, puis j'ai regardé autour de moi... c'était une pagaille pas possible...

_ Vous saviez que vous étiez toute seule ou vous êtes très courageuse.

_ Je comprends pas ?

_ Après tout, le tueur pouvait être encore là ?

_ Non... j'ai l'oreille fine... l'appartement était silencieux...

_ L'appartement était retourné, dites-vous. Vous qui connaissez bien les lieux, avez-vous remarqué si quelque chose a été emporté ?

_ J'avoue que je n'ai pas fait l'inventaire. De ce que j'ai vu, il me semble que tout est là sauf que tous les tiroirs ont été complétement tirés ou vidés. Je vous l'ai dit. Un vrai capharnaüm. Celui qui a tué monsieur Ozuk cherchait quelque chose, de l'argent probablement ou des bijoux...

_ Monsieur Ozuk semblait inquiet ces derniers temps ?

_ Je peux pas répondre à cela. Je passe tous les mardis matin à dix heures pour faire la poussière, vider ses corbeilles et repasser ses chemises... la plupart du temps, j'étais seule. On se voyait très peu. Il me laissait des sous dans une enveloppe, chaque fin de mois. Un vrai courant d'air...

_ Vous avez déjà vu d'autres personnes chez lui ?

_ Non... personne. C'était un vieux garçon qui me parlait pratiquement pas quand je le voyais et c'était plutôt rare, je viens de vous le dire... bon, j'ai dit tout ce que je savais. Je peux partir, car il est 14 heures et j'ai pas mangé...

_ Bien sûr... merci d'avoir été patiente. Au revoir madame...

_ (En se levant) au revoir monsieur...

Une fois seul, le commissaire Venturi examina les lieux. C'était effectivement l'appartement dévasté d'un célibataire endurci. Pas de photos de famille ni de femmes, ni d'amis d'ailleurs... rien. Cet homme ne semblait avoir aucune vie personnelle ou alors il la cachait bien... Il trouva quand même des dossiers concernant sa société de services, la SMTS. Il les mit de côté pour que ses équipes les examinent. Bientôt, il entendit du bruit derrière lui. Ses inspecteurs revenaient de leur quête auprès du voisinage...

_ Alors messieurs, des choses à me dire ?

_ (Fonseca) Non, rien patron. Hier soir, tout le monde était rentré chez soi. Personne n'a rien entendu. L'immeuble semble bien insonorisé et visiblement Ozuk est peu connu dans l'immeuble. Invariablement, on a eu la réponse suivante. *« On ne le voit que rarement et toujours « Bonjour-Bonsoir » quand on le croise dans l'ascenseur. Il ne vient jamais aux réunions de la copropriété »*. Bref pas d'espoir de ce côté-là...

_ Bon, allez ok, j'ai compris... on ne trouvera plus rien ici. En montrant les dossiers de la SMTS. Prenez-moi ça messieurs. On examinera cela dès que possible. Un dernier mot. Allez me récupérer le dénommé Leandro. Je vais de mon côté interroger les ex de la SMTS, cadres désormais à la HCPI.

29) Métamorphose des cloportes

Ce fut le mercredi 26 avril que le commissaire Venturi reçut séparément messieurs Douair et Viénot, les deux cadres de la HCPI qui avaient succédé à messieurs Delépine et Derval. Des recrutements imposés par Jean-Pierre Blacher, dont d'ailleurs il s'était déjà expliqué auprès du commissaire. Mais il n'aurait pas été anormal que le nouveau directeur général – Michel Dufraisse – se soit rapidement séparé d'eux en raison notamment de leurs passés douteux. Mais il n'en avait rien été. À ce jour, et sept mois après leur recrutement, les deux hommes étaient toujours en place. Le commissaire Venturi reçut initialement Albin Douair, le directeur financier de la HCPI.

_ Entrez, monsieur Douair. Merci d'avoir répondu à ma convocation.

_ (en s'installant) J'imagine que l'assassinat sauvage de monsieur Ozuk doit y être pour quelque chose.

_ Vous le connaissiez bien je crois ?

_ Oui. Il a été mon patron à la SMTS durant trois ans. Je ne comprends vraiment pas ce crime. Monsieur Ozuk avait eu, comme moi, un début de carrière hors des clous, mais cela faisait pas mal d'années qu'il cherchait à s'amender et je crois bien qu'il y était parvenu. Je ne m'explique donc vraiment pas ce crime d'une violence inouïe…

_ Vous n'avez vraiment pas de chance avec vos anciens patrons. D'abord Blacher puis maintenant Ozuk, éliminés sauvagement de la même façon. Avez-vous une idée de la raison de ces deux crimes ?

_ Franchement monsieur le commissaire, je n'en comprends vraiment pas la finalité. Personnellement, je m'entendais aussi bien avec l'un qu'avec l'autre. Ozuk m'a remis le pied à l'étrier quand j'avais du mal à retrouver un boulot intéressant. Quant à Blacher, nous avions déjà travaillé ensemble il y a quelques années dans la promotion. Il a eu la bonne idée de repenser à moi et tout se passait bien jusqu'à ce qu'on l'élimine à ma grande stupeur.

_ Connaissez-vous Miguel Leandro ?

_ (ne tombant pas dans le piège) Bien sûr. Jusqu'au meurtre d'Ozuk, il travaillait pour lui à la SMTS. Lui aussi, je crois, cherchait à s'amender d'un début de carrière difficile.

_ Nous le recherchons, mais il a disparu… Nous n'arrivons pas à lui mettre la main dessus. Savez-vous où il pourrait se trouver ?

_ Je n'en ai aucune idée. Je ne le connaissais que par l'entremise d'Ozuk. Je ne sais même pas où il habite…

_ Avant d'intégrer la HCPI, combien de personnes travaillaient à la SMTS ?

_ Quatre en tout plus une intérimaire – mademoiselle Magnan – qui venait ponctuellement à la seule demande d'Ozuk.

_ Les quatre étant donc, monsieur Ozuk, monsieur Leandro et vous deux Douair et Viénot ?

_ C'est cela.

_ Et vous n'avez désormais pas peur d'y passer à votre tour. Car visiblement quelqu'un cherche à effacer les gens qui travaillent pour la SMTS

_ Que vous répondre à cela ? Je vous ferais remarquer que justement Jean-Claude et moi ne travaillons plus à la SMTS.

_ Donc, de votre point de vue, vous n'avez vraiment aucune idée de la raison pour laquelle monsieur Ozuk a été éliminé ?

_ Vous savez, monsieur le commissaire, ici, on est à Marseille, je ne vous l'apprends pas. C'est une ville magnifique, colorée, effervescente mais pas de tout repos. Les raisons pour lesquelles messieurs Blacher et Ozuk ont été tués sont plutôt à chercher du côté de leurs modes de vie et de leurs fréquentations, dont je m'empresse de vous dire que je ne les connais absolument pas… mais que je situerais plutôt dans la mouvance des gens aimant la vie nocturne.

_ Vous êtes en train de me dire qu'ils entretenaient des relations particulières avec certains milieux douteux… la prostitution ?… le trafic de drogue ?…

_ J'imagine, commissaire… je ne fais qu'imaginer… mais je vous répète que je ne sais rien…

_ Comment cela se passe-t-il avec votre nouveau directeur général, monsieur Dufraisse je crois ?

_ Parfaitement bien. Du moins à ce que j'en ressens. Nous venons d'être contrôlés par l'administration fiscale. Ils sont restés un mois et sont repartis sans rien nous dire.

J'imagine que s'ils avaient trouvé des irrégularités dans notre comptabilité, on le saurait déjà... En tout cas, monsieur Dufraisse m'a félicité publiquement de la qualité de présentation de notre comptabilité.

_ Dernière chose si vous le voulez bien. Avez-vous entendu parler du cirque « la Bonne Mère » ?

_ C'est un cirque installé à Marseille, je crois ?

_ Connaissez-vous des gens y travaillant ?

_ Non, pas particulièrement...

_ Bon.... He bien je vous remercie monsieur Douair d'être venu jusqu'à moi. Je n'ai plus de questions à vous poser. Je vous souhaite une bonne fin de journée. Au revoir et un conseil, restez malgré tout sur vos gardes...

Dans l'après-midi de la même journée 26 avril, le commissaire Venturi reçut Jean-Pierre Viénot, le second cadre recruté, en septembre 1971, par Blacher à la place d'Alain Delépine, l'ancien directeur du personnel. L'entretien fut cordial, mais ce fut un copié-collé de celui qu'il venait d'avoir avec Douair le matin même. Venturi n'apprit rien de plus. La seule chose qu'il remarqua, c'est que finalement ces deux hommes ne se sentaient pas particulièrement menacés et qu'a minima ils mettaient la mort brutale d'Ozuk sur le compte d'activités scabreuses qui leur étaient totalement étrangères. Un point de vue qui n'étonnait pas Venturi.

30) La dernière carte

Le jour suivant jeudi 27 avril le commissaire Venturi réunit ses principaux collaborateurs, Manuel Fonseca et Antoine. Génin. Rapidement, on aborda le vif du sujet.

_ (Venturi) : Messieurs, on entre, selon le mot de Bourrel, dans les cinq dernières minutes. Où on trouve in extremis une faille chez Alpha où l'affaire se termine par une inculpation définitive de Pietroni. Commençons par les écoutes téléphoniques. Est-ce qu'on a quelque chose, depuis le temps qu'on les suit toutes ces « anguilles » ?

_ (Fonseca) Rien patron. Depuis le crime de Blacher, Alpha s'est refermé comme une huître. Les clowns et Gensbittel parlent métier ou plaisantent, Ozuk a été abattu et celui-là, on ne sait même pas pourquoi. Leandro n'appelle personne et d'ailleurs, on ne l'a toujours pas revu. Soit il est en cavale, soit il a été lui même éliminé. Quant à Duroc, c'est un homme d'affaires classique. Il ne parle que boulot. Il appelle assez souvent Dufraisse pour évoquer les dossiers sensibles à la HCPI ou alors il se met en relation avec ses autres cadres dans les trois sociétés dont il s'occupe. Quant à Zemkine, il n'a plus téléphoné du bar « chez Jeannot ». Bref, rien... le néant absolu...

_ (Venturi) Manuel, vous avez trouvé quelque chose sur Dufraisse ?

_ Oui et non... j'ai pu reconstituer une partie de sa carrière grâce à ses cotisations sociales. Il a 40 ans et a fait Sciences-Po. Il en est sorti à 23 ans, en 1955.

Il a travaillé jusque-là dans diverses boites comme cadre financier. Il ne restait pas longtemps en place, j'ignore pourquoi. Il était inscrit au chômage avant d'être recruté par Duroc, en 1969, d'abord comme directeur adjoint, puis rapidement comme directeur. Son casier judiciaire est vide. On ne sait pas pourquoi Duroc l'a recruté, car il n'est pas de la région. Ses anciens jobs, il les a surtout accomplis en région parisienne. Marié, un enfant... pas de vices cachés en apparence. Voilà, c'est à peu près tout. Un gars normal, du moins en apparence.

_ (Venturi) Bien, merci... à vous Antoine avez-vous pu récupérer la liste « trombinoscopique » du personnel de la HCPI

_ (Génin) Oui, patron. Je vous l'ai apportée. Suite à la visite du fisc en mars, et comme vous me l'aviez demandé, on possède désormais l'ensemble des photos de la totalité du personnel, actuellement, en poste.

_ (Venturi) Ils sont combien ?

_ (Génin) Une quarantaine de personnes, une douzaine de commerciaux et le reste en appui administratif ou financier.

_ (Venturi) Une quarantaine ?... je voyais ça plus grand mais finalement ça m'arrange... Bien... voilà ce qu'on va faire. Antoine, vous prenez rapidement et discrètement rendez-vous avec le patron du Fandango, un matin tard ou un début d'après-midi. Vous le rassurez en lui disant que nous ne sommes pas de la « Mondaine ». Sur place, vous lui montrez toutes les photos du personnel de la HCPI.

Présentez lui également celles de Blacher, d'Ozuk, de Gensbittel, de Leandro, de Douair et de Viénot. Pour faire bonne mesure, vous lui montrez la photo où l'on voit sortir nos quatre amis du cirque, en floutant celle de Louvin car celui-là, on sait que c'est un habitué et il ne faut pas inquiéter la direction du Fandango. Demandez à votre interlocuteur de rester discret sur notre visite en la minimisant à fond. Accentuez le côté routinier de cette demande par exemple...

_ (Génin) J'imagine que vous voulez savoir s'il va reconnaître d'autres personnes que Blacher ?

_ (Venturi) He oui, bien sûr... c'est ma dernière carte... je compte sur vous Antoine. Vous me revenez dès que possible sur le sujet, car on est désormais limite pour continuer l'enquête.

Finalement, le commissaire venturi n'eut pas trop à attendre. Dès le mardi 2 mai, l'inspecteur Génin était en mesure de faire son compte-rendu à Venturi. La veille, il avait dialogué « cordialement » et utilement avec le patron du Fandango, un certain Émile Peretti. Pour l'occasion, ce dernier avait convié également l'un des deux « videurs » de la salle de jeux, un dénommé « Gilou ». Un homme à l'œil averti, particulièrement doué pour reconnaître ceux des clients éventuels qui étaient désormais interdits de salle. Défilèrent ainsi les photos du personnel de la HCPI.

Sans surprise, Gilou identifia rapidement Jean-Pierre Blacher mais s'arrêta également sur le visage d'un homme en marmonnant « *Celui-là aussi, je le connais... Je l'ai parfois vu venir soit avec Blacher, soit tout seul... il revient de temps en temps, mais on le voit moins depuis que Blacher a disparu...* »

L'inspecteur Génin compléta cette petite enquête en demandant si cet homme jouait de grosses sommes. Monsieur Peretti avait alors enchaîné « *vous savez, ceux qui viennent se détendre chez nous ont forcément quelques moyens sinon ils ne peuvent pas devenir des habitués…* »

De retour au commissariat, Génin s'était empressé de vérifier si le quidam en question était connu des services de police. Une recherche utile car cet homme – Marc Janvion – aujourd'hui âgé de 45 ans et officiellement affecté à la sécurité intérieure de la HCPI avait bien un casier. « *Qu'a -t-il donc fait de répréhensible, celui-là ?* » avait demandé le commissaire Venturi. Et L'inspecteur Génin de lui détailler « *trafic de drogue, patron. Pincé il y a cinq ans. Comme c'était la première fois, il n'a eu qu'un rappel à la loi… l'année suivante, il a été recruté à la HCPI… j'ai pris sur moi de téléphoner à Delépine l'ancien responsable du personnel qui m'a précisé se souvenir que c'était bien Blacher qui l'avait recruté directement…* » « *Merci Génin… du bon travail…* » avait conclu laconiquement le commissaire Venturi.

31) Le deal

Ce fut le vendredi 5 mai 1972 que le commissaire Venturi reçut dans son bureau Ange Pietroni, extrait de sa cellule pour l'occasion et accompagné naturellement de son avocat, maître Alphandéry.

_ « Entrez, messieurs, et installez-vous, je vous en prie... »

Sans trop attendre, l'avocat ne put s'empêcher de prendre la parole.

_ « Monsieur le commissaire. Déjà nous vous remercions, mon client et moi, de nous recevoir. J'imagine que votre enquête a pu mettre en évidence de nouveaux éléments qui vont permettre de blanchir définitivement monsieur Pietroni. Un homme innocent et meurtri, coincé en préventive depuis dix longs mois...

_ (Venturi) Innocent, innocent... n'allez pas trop vite maître... j'ai effectivement des éléments à vous communiquer mais certains ne vont pas dans le bon sens. Par exemple, sachez que mon enquête préliminaire est close depuis fin avril et que pour cette seule raison ce dossier est pratiquement terminé au plan judiciaire. (S'adressant alors à Pietroni) Je ne vous cache pas d'ailleurs que le juge d'instruction va bientôt confirmer votre inculpation pour meurtre par tiers interposé.

_ (Pietroni d'un ton désespéré) Mais je suis innocent, commissaire, je suis vraiment innocent. Je suis victime d'un sale coup monté. C'est incroyable que personne ne veuille me croire...

Jamais, je n'aurais fait tuer mon épouse... c'est grotesque... nous avions des relations compliquées, je le reconnais mais faire assassiner ma femme, c'est monstrueux de penser ça...

_ (Venturi) monsieur Pietroni. En la matière, vous ne seriez pas le premier et sans doute pas le denier ! Je suis prêt cependant à croire à votre bonne foi... mais il faut alors que vous m'aidiez un tout petit peu...

_ (Me Alphandéry) De quelle façon, commissaire ? mon client n'a justement que sa bonne foi à mettre sur la table.

_ (Venturi se tournant vers Pietroni) En avouant, tout simplement, monsieur Pietroni, en avouant...

_ (Pietroni) Mais avouez quoi commissaire ? Je suis innocent...

_ (Venturi) : Non, Pietroni. Vous n'êtes probablement pas le commanditaire du crime de votre épouse, je veux bien en convenir, mais vous étiez, en dehors de vos affaires immobilières, à la tête d'un réseau de trafic de drogue dans Marseille...

_ (Me Alphandéry ébahi) Qu'est ce que c'est que cette histoire ?

_ (Pietroni sidéré) C'est nouveau ça... on veut me coller également un trafic de drogue en plus de mes emmerdes actuelles

_ (Venturi) Cessez ce jeu Pietroni. Vous savez très bien que ce que je dis est vrai, et d'ailleurs, sur ce sujet, j'ai un deal à vous proposer

_ (Pietroni) Un quoi ? qu'est ce que c'est que ce délire ?

_ (Venturi légèrement agacé) : Réfléchissez bien, Pietroni. Vous n'avez qu'une seule porte de sortie et c'est celle que je vous propose. Soit vous me dites tout ce qu'un Janvion faisait pour votre compte et celui de Blacher... soit on en reste là et vous passerez aux assises.

_ (Me Alphandéry) Qu'est ce que c'est que ce chantage et qui est ce Janvion commissaire ? (se tournant inquiet vers son client) monsieur Pietroni, vous ne m'avez pas tout dit ?

_ (Pietroni ne répondant pas à son avocat) Monsieur le commissaire, qu'est ce que vous me proposez exactement ? Vous ne me croyez pas coupable du meurtre de mon épouse alors ?

_ (Venturi) Ça dépend. Il faut bien un coupable à la société. À titre personnel, je vous crois innocent du meurtre de votre épouse, mais je ne suis pas parvenu à le prouver. En revanche, je vous crois coupable d'un trafic de drogue classique qui mettait probablement du beurre dans les épinards de vos affaires. Si vous avouez ce trafic, j'arrêterai immédiatement le dénommé Marc Janvion et son fournisseur attitré. À ce propos, connaissez-vous celui qui lui vendait la drogue. Ça me fera gagner du temps...

(Pietroni, l'air sombre) Non... toute cette histoire était pilotée par Blacher et Janvion... j'étais bien au courant je le reconnais mais je fermais les yeux car c'est vrai, mes affaires ne marchaient pas si bien que cela et j'ai un peu succombé à la facilité...

Mais quand vous dites que je n'ai pas tué ma femme vous le pensez vraiment commissaire ?

_ (Venturi) Bien sûr que je le pense et pour vous, c'est la seule façon de vous en tirer rapidement. Si je démantèle l'équipe qui a voulu s'accaparer à la fois de votre petit business annexe et de votre société, vous ne serez plus inculpé que de trafic de drogue. Vous serez jugé pour cela et comme ce sera votre première condamnation, vous serez libéré très vite puisque vous avez déjà fait dix mois de préventive. Vous avez tout à gagner de marcher avec moi. Ce trafic durait depuis combien de temps ?

_ (Pietroni remis en confiance) Depuis l'été 68 je crois. C'est Blacher qui m'a fait entrer dans la boucle. C'était pour lui la seule façon de garder son poste, car je voulais le virer. J'avais appris qu'il n'avait pas une hygiène de vie très nette et j'avais peur que cela nuise à la réputation de la HCPI. Mais je reconnais que j'ai eu le choix et que j'ai cédé à la facilité. Tous les mois, Blacher me versait mon dû en net, car il fallait payer, disait-il des intermédiaires. Environ 60 000 francs en liquide, naturellement. C'était pas si important que cela mais ça m'évitait de payer certaines dépenses courantes. Rien n'était blanchi à la HCPI. Je l'ai vérifié moi-même de nombreuses fois, car je n'avais qu'une confiance relative en Blacher et je ne voulais pas que cette histoire nuise à la société que j'avais eu tant de mal à monter et à faire progresser.

_ (Venturi) C'est bien, monsieur Pietroni. Je vous remercie de votre coopération finale. Vous faites le bon choix. En attendant, vous allez retourner aux Beaumettes. (se tournant alors vers les deux hommes) Je vous invite messieurs désormais à la plus grande discrétion. Il est très important que l'équipe d'en face pense que la police continue de patauger. Dans les prochaines heures qui suivent, je vais arrêter à titre conservatoire Janvion et à titre préventif tous ceux qui sont, d'après moi, mouillés dans cette affaire. Messieurs, je ne vous retiens plus…

32) Sur le grill

Après avoir informé le juge Lagrange des derniers évènements concernant cette affaire, les deux hommes se mirent d'accord pour mettre en place un vaste coup de filet préventif. Il ne s'agissait pas simplement d'arrêter janvion et d'obtenir ses propres aveux, il fallait rapidement arrêter tous ceux que Venturi jugeait les véritables coupables. Pour une raison toute simple de clandestinité, il ne serait sans doute pas possible d'arrêter les deux Zemkine en même temps. Mais l'urgence était bien de bloquer les principaux protagonistes de cette affaire avant que l'arrestation de Janvion ne leur fasse comprendre qu'il était temps pour eux de s'envoler vers de meilleurs cieux.

Pour faciliter l'interception des plus dangereux – les clowns - on attendit la fin de la séance de cirque du dimanche 7 mai pour arrêter à la fois Louvin, Verlinden et l'un des Zemkine Au même moment, la police intercepta à leur domicile privé Mathieu Gensbittel et Michel Dufraisse. Grâce à une autorisation officielle du juge Lagrange, une fouille méthodique des domiciles de chacun fut effectuée. On attendit 23 heures pour arrêter Marc Janvion, de retour chez lui, au bras d'une jeune femme inconnue, qui n'en revint pas que son cavalier d'un soir soit appréhendé par la police. Sur ordre express de Venturi, les six personnes arrêtées et placées en garde à vue furent encellulées dans des endroits différents, afin de les empêcher de communiquer entre elles. Le lendemain matin, lundi 8 mai, vers 13 heures, on sortit Janvion de sa cellule pour le présenter au commissaire Venturi, flanqué de ses trois principaux adjoints,

Manuel Fonseca, Antoine Génin et Bernard Merlaud. Un interrogatoire en règle s'ensuivit, mais seul Venturi parla.

_ Prenez place, monsieur Janvion. Vous avez été arrêté hier soir par mes hommes. Savez-vous pourquoi ?

_ (Janvion fanfaronnant) J'en sais rien. C'est une arrestation arbitraire. Déjà, j'ai droit à un avocat...

_ Vous avez parfaitement le droit de vous faire assister d'un avocat. Mais le temps de vous en trouver un cela prolongera votre garde à vue alors que si on parle gentiment tous les deux, rien ne dit qu'on ne vous libérera pas tout de suite, avec nos excuses en plus...

_ (Janvion davantage rassuré) Déjà, pourquoi je suis devant vous ? Que me voulez-vous ?

_ Je veux vous éviter de prendre vingt ans de prison alors que vous n'êtes qu'un petit dealer comme il en existe beaucoup à Marseille.

_ Je ne suis pas un dealer... J'ai dealé dans le passé c'est vrai, mais aujourd'hui, je travaille à la HCPI. J'ai des feuilles de paie et tout et tout...

_ (Venturi, lui montrant la déposition de Pietroni) Malheureusement, lisez ceci, votre patron en a eu marre d'être retenu seul prisonnier aux Beaumettes. Il a tout avoué de votre trafic. Vous êtes donc coincé monsieur Janvion. Si vous ne voulez pas alourdir votre dossier, il faut nous dire qui finançait l'opération et qui vous fournissait la drogue que vous refourguiez à Gribowski.

_ (Janvion, après avoir bien lu et reposé la déposition de Pietroni) Je veux bien vous dire qui finançait l'opération mais il est mort il y a quelques jours.

_ Son nom s'il vous plaît ?

_ Il s'appelait Ozuk. Sébastien Ozuk je crois.

_ Qui vous l'avait présenté ?

_ Monsieur Blacher, l'ancien directeur de la HCPI... qui est mort aussi d'ailleurs...

_ Ça ne rigole pas dans votre milieu, dites donc ! Qui a remplacé monsieur Ozuk ?

_ Justement, c'est ça le problème. Personne ne semble vouloir le remplacer. Sur le trafic de drogue, je suis aujourd'hui au chômage. Tant mieux, d'ailleurs, j'en avais marre de ce boulot. Il était temps que j'arrête... c'est devenu trop dangereux...

_Je ne vous le fais pas dire, monsieur Janvion. Voyez-vous, je serais presque tenté de vous croire. C'est un métier, effectivement, très dangereux. D'ailleurs, votre souhait de vous repentir me touche vraiment. Aussi, je crois bien que je vais vous laisser repartir libre...

_(Janvion vraiment surpris) Vrai ? monsieur le commissaire. Finalement, vous êtes plutôt sympa et je vous promets que je ne me mettrai plus dans toutes ces histoires de drogue... j'en ai marre d'avoir la trouille...

_(Venturi sérieusement) Ne me remerciez pas. En fait, je viens de vous condamner à mort, d'une certaine façon...

(Janvion, l'air soucieux) Que voulez vous dire ?

_ Pourquoi croyez-vous que justement Blacher et Ozuk ont été tués récemment d'une balle en plein front ? Pourquoi le dénommé Leandro, l'adjoint d'Ozuk, a disparu brutalement, probablement coulé dans une dalle de béton ?

_ ?!?

_Ne cherchez plus, monsieur Janvion. Parce que les gangsters qui sont derrière ce trafic veulent couper toutes les liaisons actuelles. D'ailleurs mettez-vous à leur place. Quelque part, ils ont raison. La police vient de vous arrêter et pourtant elle vous remettrait curieusement en liberté. Avez-vous parlé ? Êtes-vous resté loyal ? Finalement, les autres d'en face ne le savent pas et ils ne le sauront jamais. Ils vont résoudre ce dilemme à leur façon.... vous la connaissez maintenant...

_ Vous voulez me faire peur, commissaire...

_ Même pas. C'est écrit, monsieur Janvion, c'est inéluctable... tandis que si vous me dites enfin la vérité, on arrêtera toute la bande et vous sauverez votre peau... mieux, plus vous serez explicite, plus les juges en tiendront compte... alors qu'est ce que vous décidez ? Vous quittez tranquillement ce bureau ou vous me dites la vérité. Par exemple qui a remplacé Ozuk pour acheter la drogue de votre propre fournisseur ?

_ Ça va, ça va... je tiens à ma peau. Celui qui a remplacé Ozuk s'appelle Mathieu Gensbittel. C'est un impresario d'artistes, je crois. Mais selon moi, c'est une couverture.

Il s'est présenté à moi en me disant que c'était lui qui succédait à Ozuk.

_ Et vous l'avez cru, comme ça... ?

_ Oui, car je connaissais son nom. Blacher m'en avait déjà parlé. Il m'avait même annoncé que c'est lui qui succéderait à Ozuk.

_ Quand et comment ce Mathieu Gensbittel vous a-t-il contacté ?

_ Quand ? C'était trois jours après l'assassinat d'Ozuk. Le 21 avril dernier je crois. Comment ? He bien curieusement, il n'a pas voulu me téléphoner. Il m'attendait devant chez moi.

_ Vous n'avez pas eu peur de vous faire liquider comme Ozuk ?

_ Si, bien sûr mais cela fait pas de mal de temps que je livre de la blanche à la bande d'Adri. Je n'ai jamais eu d'embrouilles avec eux. Du coup, avec le temps, ils ont pris confiance et croyez-moi, ça ne se fait pas du jour au lendemain. Gensbittel le savait. C'est lui qui m'a dit qu'il voulait continuer avec moi comme relais. J'ai dit oui, j'avais pas vraiment le choix et puis c'est un taf qui me permet de bien vivre.

_ Qui est le fournisseur primaire ? D'où vient la came ?

_ D'Amérique du sud, de Colombie, je crois. Mon fournisseur s'appelle Jorge Alvaro.

_ Son domicile ?

_ Je l'ignore. On se donne rendez-vous par téléphone d'une cabine publique à heure fixe précise. Les endroits où l'on tope sont plutôt discrets. Je dois l'appeler d'une cabine publique à ce numéro (Janvion écrit alors un numéro sur un bout de papier du bureau de Venturi) une fois par mois, à heure fixe. C'est Alvaro qui me communique l'endroit où se fait le deal. Une adresse qui change tout le temps. Quand j'avais rendez-vous avec Alvaro, je voyais d'abord Ozuk qui me remettait une mallette de billets pour le payer.

_ Et ça se chiffre à combien par transaction ?

_ Environ cent cinquante mille francs par transaction, uniquement en petites coupures.

_ Selon vous, depuis le début, qui alimentait cette mallette ?

_ Blacher et Ozuk j'imagine…

_ Pas Pietroni ?

_ Blacher m'avait dit que Pietroni n'était pas dans le coup. En fait, j'ai jamais su si Pietroni palpait lui aussi…

_ Vous savez quelles étaient les quotes-parts respectives de Blacher et d'Ozuk ?

_ Non… c'était pas mon problème…

_ Et à vous, ça vous rapporte combien ce petit trafic ?

_ Trente mille francs par transaction

_ Combien verse Gribowski pour payer le tout ?

_ Entre cinq et six cent mille francs par transaction

_ Quelle est la date du prochain coup de fil d'Alvaro ?

_ À la mi-mai. Mais ça m'étonnerait qu'il téléphone. Il va rapidement connaître mon arrestation. Les nouvelles vont vite dans le milieu…

_ Je ne vous le fait pas dire… (à Fonseca) Vite, Manuel. Essayez de localiser d'où vient ce numéro et où crèche cet indien-là. Vous me l'arrêtez dans la foulée. Appelez également Filippi. C'est lui que ça intéresse en premier lieu.

_ (Venturi à Janvion) Reprenons… Blacher a été assassiné le 22 février dernier. Lors des transactions de la mi-mars et de la mi-avril, Ozuk a donc pu verser les cent cinquante mille francs sans l'apport de Blacher ?

_ Apparemment, oui. Ozuk a assuré…

_ Avec ce que vous verse Gribowski, il pouvait… Revenons d'ailleurs à ce dernier. À qui précisément vous revendez cette came ?

_ Ça dépend, mais en général, celui qui achète la marchandise se fait appeler « Toufic »

_ Génin, prenez la déposition de monsieur Janvion, transmettez là à Filippi et amenez lui janvion. Ils vont avoir des choses à se dire. Je lui dois bien ça… Bien, monsieur Janvion, je vous remercie de votre coopération. Elle va vous être très utile pour la suite de votre carrière en prison. Mais nous, ce qui nous intéresse c'est ce qui se passe à partir de Gensbittel.

Une fois seul en compagnie de ses deux adjoints Fonseca et Génin, le commissaire Venturi rajouta

_ Manuel, cette fois-ci, on tient le bon bout. Sortez-moi Gensbittel de sa garde à vue qu'on en finisse avec cette affaire.

_ (Fonseca) Chapeau patron, obtenir des aveux en lui faisant croire qu'il allait se faire descendre en sortant du commissariat alors que toute la bande est déjà en garde-à-vue...

_ Oh là, ne vous emballez pas Manuel. Qui sait ce que va nous raconter Gensbittel et puis de vous à moi, je n'ai pas menti tant que ça. Si Gribowski apprenait ce que Janvion vient de lâcher à la police, sa peau ne vaudrait pas très chère...

33) Cuisine et dépendances

_ Entrez, monsieur Gensbittel.

_ (saluant brièvement monsieur Venturi et ses deux inspecteurs) Messieurs... je suis heureux de vous voir enfin car j'aimerais bien savoir pourquoi on m'a arrêté ?

_ (Venturi) On va vous le dire. On vous accuse de vous être mis très récemment à la tête d'un réseau de drogue sur Marseille. En clair d'alimenter un caïd de Marseille en héroïne pure. Opiacé qu'il va couper ensuite pour fournir des centaines de doses destinées à tous les toxicos du coin.

_ Qu'est-ce que c'est que cette plaisanterie. Je ne fournis rien du tout à qui que ce soit. Je suis un impresario qui cherche en permanence de nouveaux contrats à des artistes locaux me faisant confiance. Et figurez-vous qu'il y en a !

_ Oui, on sait, c'est votre couverture officielle. Mais derrière ça, nous pensons que vous êtes désormais l'intermédiaire du réseau Alpha.

_ Du réseau quoi ?

_ Écoutez, monsieur Gensbittel. Je n'ai pas trop de temps à perdre. Très récemment, vous avez pris la place d'un malfrat qui achetait de la drogue à un fournisseur colombien du nom d'Alvaro. Ce malfrat s'appelait Sébastien Ozuk. Ce dernier a été exécuté il y a trois semaines par une organisation que nous avons pris l'habitude d'appeler Alpha. Celui qui ensuite revendait la came à un caïd local, dans les quartiers nord de Marseille s'appelle Marc Janvion.

Vous avez indiqué à monsieur Janvion que vous remplaciez désormais Ozuk. Niez-vous ces faits ?

_ Je les nie formellement et j'exige de voir mon avocat...

_ C'est votre droit. Soit on se revoit avec votre avocat, soit je vous montre dès aujourd'hui mes preuves. C'est vous qui voyez...

_ Je serais bien curieux de les voir vos preuves. J'imagine que vous savez que je suis moi-même un ancien avocat

_ Oui, un ex-avocat radié de votre ordre. Je me demande si vous avez intérêt à trop en faire état.

_ Gardez pour vous vos sarcasmes, monsieur le commissaire. Je connais le droit. Montrez-les-moi donc vos preuves ?

_ La voilà. Une très récente déposition écrite de celui à qui vous payez la drogue, Marc Janvion. Ce dernier se chargeant ensuite d'acheter la came au revendeur primaire, un certain Alvaro, puis d'alimenter en héroïne pure un important caïd de Marseille connu sous le nom d'Adrien Gribowski.

_ Qui est donc ce Marc Janvion qui m'accuse comme ça, pour me salir gratuitement. Je ne le connais pas. Au plan pénal, elle ne vaut strictement rien votre déposition sinon vous pensez bien qu'il suffirait que tout le monde se dénonce réciproquement. On n'est plus sous la « Terreur » de 1794 ou en août 44, monsieur le commissaire. Les dénonciations calomnieuses, c'est un peu trop facile...

_ Bien, vous ne reconnaissez donc pas les faits ?

_ Naturellement, non, et j'exige de voir mon avocat qui fera litière de ces accusations ridicules. J'imagine que je suis sous écoutes. Ai-je jamais été surpris en train de communiquer avec ce monsieur Jambion, je vous le demande ?

_ « Janvion », monsieur Gensbittel. Je ne vous accuse pas d'être imprudent. Je vous accuse de financer une filière mise en place initialement par Jean-Pierre Blacher, l'ancien directeur de la HCPI dont monsieur Pietroni était jusqu'à présent le PDG...

_ Je suis désolé de vous confirmer que tous ces noms me sont totalement inconnus. J'ai effectivement lu dans la presse locale, il y a quelques mois déjà, qu'un patron dans l'immobilier avait été arrêté. Pour moi, il ne s'agissait que d'un simple fait divers...

_ Bien, monsieur Gensbittel. Je vous conseille effectivement de prendre très vite l'attache de votre avocat. Je pense que vous allez en avoir besoin un bon bout de temps... (à Fonseca) ramenez monsieur Gensbittel à sa cellule de garde à vue...

Fonseca et Gensbittel ayant quitté les lieux, le commissaire Venturi demanda à l'inspecteur Génin de lui amener Michel Dufraisse. Les trois hommes, bientôt rejoints par l'inspecteur Fonseca se retrouvèrent pour l'interrogatoire du tout nouveau directeur de la HCPI.

_ Entrez, monsieur Dufraisse. Je suis le commissaire Venturi en charge d'un dossier de grande criminalité. Vous êtes devant moi ce matin en raison de charges très lourdes pesant sur vous.

_ (Dufraisse mal à l'aise) Sur moi ? Je proteste, monsieur le commissaire. Je ne comprends pas très bien pourquoi je me retrouve devant vous. Je suis un homme honnête. Que me reproche-t-on ?

_ Très précisément de faire partie d'une bande de gangsters dont l'honnêteté n'est pas la vertu première. Une bande qui a réussi à la fois à récupérer à son profit la direction d'une grosse entreprise de promotion immobilière – la HCPI - et une importante filière de trafic de drogue...

_ De gangsters ? Vous voulez plaisanter, monsieur le commissaire. Je viens d'être nommé directeur général justement de la HCPI, par monsieur Duroc, qui était déjà mon patron dans une autre société de promotion qu'il détient à Nice – Promo 06 – Si selon vous quelque chose cloche, c'est plutôt lui que vous devez interroger.

_ Ne vous en faites pas pour cela. On le verra en son temps. Depuis quand étiez-vous directeur général de Promo 06 ?

_ Depuis presque trois ans. J'ai été engagé comme directeur adjoint en septembre 1969, puis j'ai été promu directeur en mars 1970.

_ C'est curieux. Jusqu'à présent, vous aviez fait toute votre carrière en région parisienne. Pourquoi ce changement de territoire ?

_ Le poste était intéressant. J'ai postulé et j'ai été pris. Qu'est-ce que je peux dire de plus ? J'insiste. Pourquoi m'a-t-on placé en garde à vue. J'exige à tout le moins que mon avocat soit près de moi.

_ C'est tout à fait votre droit. Pour l'instant, on ne fait que causer. Si j'estime que vous êtes plus une victime qu'autre chose dans cette affaire, on vous relâchera immédiatement après cet entretien. Alors qu'est ce qu'on fait. On l'appelle maintenant ? ou on continue rapidement...

_ (Dufraisse de guerre lasse) Si ce n'est pas trop long, je vous écoute...

_ Connaissez-vous monsieur Patrick Louvin ?

_ Euh, non... qui est-ce ?

_ Votre condisciple rue Saint Dominique, quand vous êtes sortis de Sciences-Po tous les deux en 1955. vous étiez même de très bons copains paraît-il. Ce n'est pas beau de mentir... ça commence mal...

_ (Dufraisse se reprenant et faisant semblant de faire appel à sa mémoire) Louvin, Louvin... ah oui, Louvin... c'est marrant, je l'avais complétement zappé ce gars-là...

_ He oui, parfois la mémoire est défaillante et vous verrez, ça ne s'arrange pas avec l'âge... revenons à nos affaires. He bien figurez-vous que dans cette histoire, nous avons déjà deux confessions. Celle d'un revendeur de drogue, dénommé Marc Janvion, qui travaille à la sécurité justement chez vous, à la HCPI. J'imagine que vous connaissez cet agent ?

_ Pas plus que cela... J'ai pris le poste de directeur, il y a un peu plus de deux mois. J'ignorais l'activité parallèle de monsieur Janvion sinon il aurait été immédiatement licencié, vous pouvez en être sûr !

_ Le problème, c'est qu'il vient de dénoncer celui qui finance désormais l'opération, un dénommé.... attendez voir... voilà je l'ai : Gensbittel... Mathieu Gensbittel... vous le connaissez celui-là ?

_ Je vous avoue que non... je n'ai jamais entendu parler de ce monsieur...

_ Oui, mais lui, et pour éviter de prendre trente ans, il a dénoncé son patron.

_ (?!?)

_ Je vous aide. Celui-ci s'appelle Patrick Louvin ... vous persistez à dire que ce n'est pas ce dernier qui vous a mis en contact avec Jérôme Duroc ?

_ (Dufraisse très mal à l'aise) Oui, je persiste... moi, je n'ai eu affaire qu'à monsieur Duroc...

_ Faites très attention monsieur Dufraisse. Je vais vous raconter une petite histoire qui je l'espère vous fera réfléchir. C'est celle d'un gars qu'on va appeler « X » qui avait un bon copain qu'on va appeler « Y ». Il se trouve que les circonstances ont fait que monsieur Y qui n'a longtemps été qu'un simple voyou se soit acoquiné avec une bande de dangereux gangsters, vous savez, ceux qui n'hésitent pas à éliminer les gêneurs d'une balle dans le front. Dans l'affaire qui nous intéresse aujourd'hui, on n'est plus dans de la simple escroquerie, on n'est même plus dans du trafic de drogue... on est désormais dans du crime organisé et ça change tout au plan pénal. De 6 mois avec du possible sursis, on passe à 15 ans de prison incompressibles...

Je ne vous fais donc pas de dessin, monsieur Dufraisse. Vous avez compris que monsieur Y, c'est monsieur Louvin et qu'X, c'est vous. Monsieur Dufraisse, je crois sincèrement que vous n'êtes pas un vrai criminel. Arrêtez-vous avant qu'il ne soit trop tard et que vous ne puissiez plus bénéficier de larges circonstances atténuantes. Pour mémoire, je vous rappelle qu'on en est déjà à trois assassinats et une disparition plus qu'inquiétante. Et je vous rappelle que parmi les « liquidés », se trouve votre prédécesseur, monsieur Blacher.

_ (Dufraisse, tout pale ne parvenant plus à s'exprimer...)

_ Monsieur Dufraisse, regardez-moi. On en est à un point tel que si je vous laissais partir libre de ce commissariat, vous seriez obligé de vous cacher très vite tant les frères Zemkine – oui, car ils sont deux ceux-là – vous rechercheraient pour vous faire la peau. Vous l'ignorez peut-être, mais ce sont deux ex-agents du KGB qui ont dû fuir leur pays. Un pays où ils sont recherchés pour meurtres de civils dans l'exercice de ce qui n'était justement pas leur mission.

_ (Dufraisse devenu très pâle) Ok, ok... j'en ai assez entendu comme ça... je vais vous dire ce que je sais...

_ C'est bien de devenir raisonnable... on vous écoute...

_ En juillet 1969, j'ai effectivement été recontacté par mon ancien camarade de promo, Patrick Louvin. Il m'a dit qu'il y avait un beau poste qui m'attendait à Marseille dans une des sociétés d'un certain Jérôme Duroc. J'ai étudié leur proposition.

Elle était de qualité. Bien payé, une belle villa à ma disposition à Nice. Je n'avais pas de raison de dire non... j'ai été recruté début septembre 1969.

_ (Venturi l'air sombre) Donc, on est bien d'accord. Louvin est le vrai bras droit de Duroc ?

_ Bras droit, je ne sais pas... mais amis, ils le sont, ça c'est certain...

_ Après le meurtre de Blacher, que vous ont-ils dit ?

_ Mais rien... ce n'est qu'une dizaine de jours plus tard que monsieur Duroc m'a dit que je prendrai la direction de la HCPI à la date du 5 mars 1972.

_ J'imagine que vous saviez pourquoi Blacher dirigeait la HCPI depuis le 15 juillet 71 alors qu'il n'en était pas le patron. Vous aviez forcément lu les journaux. Tout ceci ne vous a-t-il pas inquiété ?

_ (Dufraisse gêné sur sa chaise) Oui, bien sûr... mais les charges semblaient lourdes contre Pietroni. Quant à Blacher, monsieur Louvin le connaissait bien et m'avait dit que c'était un quasi-malfrat qui avait de très mauvaises fréquentations. Ça m'a semblé crédible, d'autant que je le connaissais un peu et il m'avait fait également mauvaise impression.

_ Pourquoi, selon vous, vous a-t-on donné l'ordre de ne donner des coups de fil que pour de seuls motifs professionnels ou familiaux, sans jamais faire référence, ni à Pietroni, ni à Blacher, ni aux trois clowns, ni à Gensbittel ?

_ (Dufraisse) Ah, vous savez ça aussi...

_ Ce ne fut pas bien difficile à comprendre pour nous vu la teneur des conversations privées de toute la bande. Depuis des mois, vous êtes tous devenus des enfants de chœur. Qui vous a donné cet ordre ?

_ Patrick Louvin... Il m'a dit que nous étions écoutés par la concurrence. Je vous répète cependant qu'en ce qui me concerne, je ne connais vraiment que Duroc et Louvin. Un peu aussi les deux autres clowns car c'étaient des copains de Louvin.

_ En tout cas, ça ne vous a pas trop perturbé le meurtre de Blacher puis l'ordre de rester discret, des évènements qui vous confirmaient pourtant que cette affaire ne devait pas être très nette ?

_ (Dufraisse vraiment gêné) Que voulez-vous. J'étais trop engagé avec eux. J'ai eu peur en reculant qu'il m'arrive des ennuis. Je me doutais que Zemkine n'était pas là que pour faire le clown. Mais attention, hein, soyons clair. Je n'accuse personne, car je peux me tromper sur toute la ligne... personne ne m'a dit : « *untel a fait ci... untel a fait ça...* » tout ce que je sais, je vous l'ai dit, commissaire...

_ (Venturi se redressant sur son fauteuil) Je vous remercie monsieur Dufraisse de votre déclaration. Je saurais me souvenir de vos propos pour que vous ne soyez pas traité de la même façon que tout le reste de la bande... Manuel, prenez la déposition de monsieur Dufraisse, ramenez-le à sa cellule et mettez-le en rapport avec son avocat... Antoine, s'il vous plaît faites-moi venir Patrick Louvin...

34) Money time

_ (Fonseca) Dites patron, d'où vous tenez que les Zemkine sont des ex du KGB recherchés par la police russe ?

_ (Venturi d'un geste de la main) Reconnaissez qu'ils en ont le profil ! Foutre la trouille au maillon faible, ça paie souvent Manuel. Souvenez-vous en quand vous me remplacerez un jour...

Quelques minutes plus tard pénétrait dans le bureau du commissaire Patrick Louvin, celui qui, pour le commissaire Venturi, se trouvait quasiment au centre de l'affaire, peut-être même le véritable patron d'Alpha.

_ (Venturi) Entrez monsieur Louvin... il faut qu'on se parle sérieusement tous les deux. Voulez-vous l'appui d'un avocat, vous y avez droit...

_ (Louvin relativement serein) Un avocat ? Non, à ce stade, je n'ai pas besoin d'un avocat, car je sais me défendre et je ne vois vraiment pas, une fois de plus, ce que je fais devant vous. Encore moins aujourd'hui que la dernière fois.

_ Bien... je vois que vous êtes toujours aussi sûr de vous. Mais force est de constater que depuis notre dernier entretien pas mal d'évènements ont eu lieu...

_ (Louvin perplexe) Ah... bien, ben je vous écoute commissaire. Merci de me tenir informé...

_ On en était resté à l'assassinat de votre collègue de poker, monsieur Blacher, un souci même pour vous car il vous devait une belle somme d'argent...

_ Oui, une grosse déception pour moi…

_ Depuis, deux autres crimes ont eu lieu, celui d'un certain Ozuk qui finançait un trafic de drogue, achetée à un dénommé Jorge Alvaro, pour la revendre avec gros bénéfice à un caïd marseillais, par l'entremise d'un revendeur travaillant à la HCPI, un certain Marc Janvion. L'autre crime n'est pas encore avéré. Il s'agit de la disparition d'une personne travaillant pour le compte d'Ozuk. Lui, il s'appelle Miguel Leandro. Connaissez-vous toutes ces personnes ?

_ Je ne connais ni les uns ni les autres. Quant à la HCPI, je me suis déjà expliqué la dernière fois. Je voulais me faire embaucher par Blacher, mais il y en a certains, visiblement, qui avaient un compte à régler avec lui… ce projet a donc été abandonné…

_ Je vois… oui. Le problème, c'est que selon monsieur Janvion, depuis la mort d'Ozuk, son nouveau « sponsor » s'appelle désormais monsieur Gensbittel, votre propre impresario. Celui-là, on est sûr que vous le connaissez. Voulez-vous lire la déposition signée de monsieur Janvion ?

_ Non… Gensbittel c'est mon impresario et celui du trio Vecchio. Nous, on est satisfait de son boulot. Maintenant ce qu'il fait en dehors de « la Bonne Mère » ça ne nous regarde pas. A-t-il dit quelque chose en relation avec cette histoire ?

_ Non, il nie en bloc… sinon je vous aurais déjà mis sa déposition sous le nez.

_ Vous voyez bien… Qui c'est le gars disparu ?

_ Miguel Leandro ? il est introuvable depuis plusieurs jours. Or , c'était l'un des relais d'Ozuk. J'imagine que celui-là non plus, vous n'en avez jamais entendu parler ?

_ Vous imaginez bien, commissaire... vous savez dès lors que je ne suis pas à la « Bonne mère » ou au Fandango, je vis assez retiré. Je serais même un peu casanier...

_ Bien sûr, bien sûr, monsieur Louvin... mais il y à d'autres choses qui ne sont pas très claires...

_ (Louvin en soufflant) Je vous écoute commissaire...

_ Nous avons reçu également la déposition de monsieur Dufraisse. Vous savez, le nouveau directeur de la HCPI... un grand ami à vous celui-là... vous êtes sortis ensemble de Sciences-Po, deux camarades de promo, quoi ? (Génin transmet alors la déposition de Dufraisse au commissaire)

_ C'est exact, monsieur le commissaire. Je connais bien monsieur Dufraisse. Ce n'est pas un crime...

_ Non, bien sûr. Mais lisez sa déposition toute fraîche, (Venturi lui tend le document laissant le temps à Louvin de le lire en entier...)

_ (Venturi) Alors ? Qu'en pensez-vous ? Il semble que c'est vous qui l'avez présenté à monsieur Duroc, le nouveau PDG de la HCPI. Dites donc, vous avez finalement des amis haut placés ? En réalité, vous n'aviez pas besoin de Blacher pour votre reconversion future...

_ (Louvin sans sembler trop perturbé) C'est exact. J'ai connu monsieur Duroc, à peu près en même temps que j'ai fait connaissance de monsieur Blacher.

Il est venu, lui aussi, deux ou trois fois au Fandango, mais il ne jouait pas au poker. On a le même âge. Il a semblé tout de suite m'apprécier car je suis assez décontracté de nature alors que lui est plutôt stressé. Cette différence semblait lui plaire. Il m'a d'ailleurs demandé de travailler dans sa boite de promotion à Nice. Mais j'ai décliné sa proposition. À l'époque je n'étais toujours pas prêt d'abandonner mon mode de vie. Mais pour ne pas être complétement négatif, je lui ai proposé en contrepartie mon camarade Dufraisse. Il a examiné son profil et il a donné son feu vert. Il l'a d'abord nommé adjoint du directeur en place à « Promo 06 » puis directeur il y a un an. Voilà toute l'histoire, monsieur le commissaire... et elle est toute simple...

_ (Venturi resté impassible durant les propos de Louvin) Ça se tient, monsieur Louvin. Mais puisque vous êtes joueur de poker, continuons ce petit jeu si vous le voulez bien ?

_ (Louvin amusé) Attention, monsieur le commissaire, je ne suis pas mauvais à ce jeu. Il vous faut plus qu'une paire de sept pour me déstabiliser.

_ (Venturi de plus en plus impassible) On verra... Première main : Quand je vous ai interrogé la dernière fois, fin février dernier, je vous ai enregistré, à votre insu naturellement, pour que vous restiez naturel. Et vous savez quoi ? Avec, entre autres, monsieur le juge d'instruction, nous avons repassé un extrait de cet interrogatoire avec dix voix différentes devant le couple Chainier. Des gens qui devaient voyager avec Pietroni le 10 juillet dernier. Finalement, ils n'ont pas pu prendre leur train. Ils ont été cambriolés par deux hommes cagoulés, dont un seul parlait, de façon très décontractée, un peu comme vous aujourd'hui. He bien, la police n'a pas hésité à les faire venir jusqu'à Marseille pour vérifier votre voix. Lorsque votre tour est arrivé, le 4ème sur dix, ils se sont levés d'un seul bond « *c'est lui monsieur le commissaire... ne cherchez plus, c'est lui... nous reconnaîtrions sa voix entre mille tellement il se moquait de nous...* » ont-ils ajouté, semblant ne pas avoir trop apprécié votre petite histoire de nounours... Que pensez-vous de cette première main, monsieur Louvin ?

_ (Louvin sobrement) Je reconnais qu'elle n'est pas à mon avantage mais vous savez très bien que ceci ne prouve pas grand-chose. Il existe probablement des milliers de voix qui sont voisines. De plus, les prises de son sur bande magnétique grésillent et accentuent le côté aléatoire de cette procédure. Désolé, monsieur Venturi, vous n'avez toujours qu'une paire de sept...

(Venturi resté impassible) Bien, deuxième main, monsieur Louvin. Après les aveux de Janvion et les mises en garde à vue de toute votre petite bande, nous ne nous sommes pas contentés de ce coup de filet. Nous avons perquisitionné légalement les domiciles de chacun et nous avons trouvé des choses intéressantes chez monsieur Gensbittel.

_ (Louvin intrigué) Quoi donc monsieur le commissaire ?

_ (Venturi toujours impassible) Des faux papiers, monsieur Louvin, de fausses cartes d'identité précisément...

_ Je vous ai déjà dit que je n'ai pas connaissance de la vie extérieure de monsieur Gensbittel, autre que celle d'impresario...

_ Ça ne vous intéresse pas de savoir à quels noms ils étaient établis.

_ Pas spécialement, mais dites toujours...

_ Messieurs Lafranchi, Servier et Volovitch. Les voici si vous voulez bien les regarder...

_ (Louvin agacé) Et alors, il n'y a pas de photos sur ces cartes d'identité. Vous voulez en venir où ?

_ C'est exact, il n'y a pas de photos... En revanche, deux de ces noms nous sont connus, ceux de Michel Servier et de Vladimir Volovitch. Ce sont deux hommes qui ont pris le Paris-Nice 8214 de 10h30 le 12 juillet 1971. Quand nous avons établi la liste des passagers du train, trois noms étaient fantaisistes, dont ces deux-là. C'est toujours une paire ça ?

_ (Louvin enfin déstabilisé) Je veux voir un avocat... Je ne sais pas ce qu'a fabriqué Gensbittel avec autrui mais je ne veux pas payer pour ses frasques...

_ (Venturi, cette fois-ci d'un ton ferme) C'est ça, prenez-vous un bon avocat, monsieur Louvin. Vous allez en avoir besoin... Génin, prenez sa déposition et ramenez ce monsieur en cellule.

35) Clap de fin

Le surlendemain de ce dernier interrogatoire, le commissaire Venturi et ses deux adjoints se retrouvèrent dans le bureau du juge Lagrange. L'ordre du jour était simple « En avait-on fini avec le dossier Alpha ou restait-il encore des zones d'ombre dans cette affaire qui avait donné tant de mal à la police ? ».

Après les amabilités d'usage, c'est le juge qui ouvrit la discussion.

_ Alors mon cher commissaire, à ce jour sont-ils tous sous les verrous ?

_ Non, il reste Jérôme Duroc et Jorge Alvaro. Mais j'attends les concernant des infos qui peuvent arriver d'une minute à l'autre.

_ (Lagrange) À propos de Duroc, si vous le soupçonniez, pourquoi diable ne l'avez-vous pas ramassé il y a deux jours avec tous les autres ?

_ (Venturi) Parce que jusqu'ici toutes les preuves accumulées contre eux ne sont pas totalement irréfutables.

_ Expliquez-vous ?

_ Par exemple, nous n'avons rien concernant les crimes des Zemkine. On sait que ce sont eux, mais nous n'avons aucune preuve matérielle. Il faudra faire craquer le donneur d'ordre pour changer la donne. Par exemple, encore, Gensbittel n'a rien dit. Il est bien dénoncé par Janvion mais lui nie cette dénonciation et il s'y connaît en droit pénal, c'est un ancien avocat.

_ D'autres faiblesses dans les premières dépositions ?

_ Oui, Dufraisse a été, à sa façon, habile. C'est monsieur « *je ne sais pas grand-chose, mais je peux toujours vous dire que c'est bien Louvin qui m'a fait venir d'abord à Nice puis à Marseille* ». Quand je lui ai parlé des probables crimes des Zemkine, il a bien avoué certaines peurs, mais il s'est bien gardé de me confirmer que les Zemkine sont les tueurs d'Alpha...

_ Et Louvin ?

_ Le concernant, il n'a fléchi que sur les faux papiers retrouvés chez Gensbittel. Mais il met tout sur le compte de la vie privée de ce dernier. Heureusement qu'on les a trouvés d'ailleurs, ces faux papiers, sinon je n'aurais pas grand-chose contre lui... sauf que c'est bien cet homme qui a imposé à tout le monde de ne pas s'épancher au téléphone. Mais cette consigne, ça ne fait pas une condamnation.

_ Pourquoi ne pas avoir interrogé Verlinden, voire Zemkine ?

_ D'abord, on a prolongé leur garde à vue. Je les ai donc tous sous le coude. Ensuite, Verlinden va jouer sur le fait que lui était bien à Marseille le 12 juillet et que, pour le reste, c'est un brave clown qui tente de survivre de son métier. Je vois déjà la teneur lénifiante de son interrogatoire. Quant à Zemkine, je n'ai aujourd'hui rien contre lui sinon que j'attends une info que doit me donner Merlaud dans la journée. Mais le seul vrai suspense, c'est la communication téléphonique que j'attends des aéroports de Nice ou de Marseille.

_ (Lagrange) Vous attendez quoi ?

_ Qu'on m'informe de la fuite très probable de Duroc et de la destination choisie.

_ Vous pensez qu'il va fuir en Amérique du Sud ?

_ Non, je pense qu'il va choisir l'Allemagne.

_ L'Allemagne ? vous pouvez nous expliquer, commissaire ?

À ce moment précis, le téléphone de Venturi sonna...
« *oui, ici Venturi.... oui, oui... bien merci... vous le ramenez à Marseille, naturellement... merci bien. C'est du bon travail les gars. Au revoir...*»

_ (Venturi reprenant) He bien, messieurs, ça y est, la boucle est bouclée ! Nos collègues de Nice viennent d'arrêter Jérôme Duroc qui de toute évidence s'enfuyait à l'étranger. On nous le ramène...

_ (Lagrange) c'est pour cela que vous ne l'aviez pas mis, tout de suite, en garde à vue ?

_ (Venturi souriant) Bien sûr. On les recherche tous désormais pour des crimes de sang et pas seulement pour de l'escroquerie et du trafic de drogue. Il me fallait une preuve définitive qu'ils étaient tous dans le coup. Concernant Duroc, ne sachant pas trop si ses complices allaient parler, je lui ai donné la possibilité de fuir pour qu'il signe en quelque sorte sa culpabilité.

_ (Fonseca) Patron, une fuite... ça ne prouve pas qu'il a donné l'ordre de liquider Blacher et d'Ozuk ?

_ (Venturi amusé). Avec tout ce qu'on a contre eux, vous verrez qu'ils vont tous bientôt s'auto-dénoncer.

Ce n'est pas pareil de prendre deux ou trois ans que de prendre perpète. Maintenant que Duroc est rattrapé, ils vont parler, je vous en fous mon billet. D'ailleurs, à part peut-être Dufraisse, ils savent tous que ce sont les frères Zemkine qui canardaient. Vous verrez… ils seront dénoncés les premiers. Je vois d'ici Duroc se décharger de sa responsabilité en plaidant la folie meurtrière des Russes.

On en était là quand l'inspecteur Merlaud entra dans le bureau de son patron.

_ (Venturi) Alors Bernard, quelle nouvelle info vous m'amenez ?

_ (Merlaud) Vous aviez raison, patron, les clowns faisaient bien chanter la famille Vendanza. Pour vous la faire simple, le patron du cirque était obligé d'utiliser les services du trio Vecchio. En cas de refus, un incendie « accidentel » aurait été à déplorer dans son cirque. Zemkine leur faisait peur à tous. Vendanza était au bord des larmes quand il m'a avoué ça…

_ (Venturi) Avait-il compris justement que les Zemkine étaient deux ?

_ (Merlaud) Oui, il le savait. « *C'étaient des fous furieux* » m'a-t-il précisé. Il s'est adressé plusieurs fois à Louvin pour lui demander qu'il fasse partir au moins les Zemkine mais Louvin lui a systématiquement répondu « *Désolé, monsieur Vendanza. Ce sont des bêtes féroces, je le reconnais. Ils n'écoutent que le grand patron et encore… mais je vous promets qu'en 1973, nous plierons bagages…* »

_ (Lagrange) À propos des Zemkine, on n'en a qu'un sous les verrous ? Que comptez-vous faire pour celui qui est en cavale ?

_ (Venturi dubitatif) : Diffuser son portrait dans toute la France. À mon avis, il ne tiendra pas longtemps seul, à moins qu'il ait déjà quitté la France. J'attends quand même un peu avant de saisir Interpol.

_ (Génin) C'est donc Duroc qui serait le grand patron ? C'est incroyable qu'il ait fait assassiner sa propre mère.

_ (Venturi souriant) Croyez-vous ? La femme qui a été poussée le 12 juillet dernier n'était pas sa mère. C'était une sosie, inconnue de tout le monde – peut-être une SDF - que personne ne réclamerait, à l'identité incertaine…

_ (Lagrange stupéfait) Vous êtes sérieux Venturi ?

_ Mais bien sûr que je le suis. Actuellement, en Allemagne, réside selon toute vraisemblance, madame Pietroni, née Daimler, coulant, du moins jusqu'à présent, des jours heureux dans une superbe villa de Bavière ou d'ailleurs et portant l'identité de la morte du 12 juillet dernier…

(Lagrange) Ah… je commence à comprendre. Toute cette affaire était un superbe coup pour la mère qui se vengeait à la fois des infidélités de son époux tout en spoliant ce dernier de son entreprise et en enrichissant, au passage, son fils unique. Sans compter que Duroc a hérité des biens et actifs d'une mère encore vivante. Du grand art Venturi… Qu'est-ce qui vous a mis sur cette piste ?

_ (Venturi) Depuis le début, nous soupçonnions tous que cette histoire n'était composée que de manipulations multiples et de faux-semblants permanents. Lorsque j'ai reçu Duroc, que j'ai compris qu'il était très à l'aise à l'idée de reprendre cette boite sulfureuse, j'ai envisagé assez tôt qu'il puisse être le responsable de cette vaste spoliation. Concernant le pseudo crime sur madame Pietroni, j'ai été conforté de la supercherie quand Génin m'a dit, à l'idée que le fils en soit le commanditaire « *Non, patron, sa propre mère... ce n'est pas possible...* ». Je me suis alors remémoré les paroles du majordome, monsieur Vautier, me disant qu'il avait reçu l'ordre de Duroc qu'on l'appelle immédiatement s'il arrivait quelque chose de grave à sa mère.

On aurait pu croire à ce moment-là que ce n'était que des propos d'un fils attentionné s'inquiétant des sautes d'humeur de Pietroni en désaccord permanent avec la mère adorée. Mais ce n'était pas que cela... c'est parce qu'il voulait également que ce soit lui, et lui seul, qui identifie le corps de la personne tombée de la falaise et non par exemple le majordome. Quant au mari arrêté et soupçonné de l'avoir fait exécuter, ce n'est certainement pas à lui que la police allait demander une identification...

_ (Lagrange) Je n'en reviens toujours pas que Duroc ait hérité d'une mère encore vivante...

_ (Venturi) Oui... dès lors que personne ne va se soucier de la personne vraiment décédée, c'est imparable. Des gens qui disparaissent du jour au lendemain, c'est relativement fréquent. Alors, si c'est une SDF inconnue, autant dire que tout le monde s'en fout.

_ (Lagrange) Mais pourquoi pensiez-vous que la mère s'était réfugiée en Allemagne ?

_ (Venturi) Parce qu'elle est allemande pardi. Je peux d'ailleurs vous confirmer que Duroc partait tout à l'heure de Nice pour se rendre à Munich afin d'aller d'abord récupérer sa mère puis d'entreprendre probablement un second voyage hors d'Europe.

_ (Lagrange) Quel rôle exact a joué Louvin dans toute cette affaire ?

_ (Venturi) Louvin est certes un voyou dilettante, mais c'était la tête pensante d'Alpha. Quand il a fait connaissance de Duroc, il n'avait qu'un rôle de conseiller. Mais plus tard, il a plumé au poker, et sans doute plus d'une fois, le directeur de la HCPI, Jean-Pierre Blacher. Ce dernier n'a sans doute pas voulu accumuler des dettes et a demandé à Louvin de le rembourser en lui proposant d'entrer dans sa filière drogue, montée avec Alvaro, Ozuk et Janvion.

_ (Lagrange) : Louvin aurait donc été partie prenante depuis un certain temps dans l'équipe de Blacher ?

_ (Venturi) Les interrogatoires à venir nous le diront. Mais je crois qu'il a d'abord décliné l'offre de Blacher en lui disant un truc du genre « *je ne veux pas tremper là-dedans* » ou « *gardez-moi plutôt un poste de cadre sup à la HCPI* »

_ (Lagrange) Il avait un autre plan ?

_ (Venturi) Cela a dû mûrir progressivement. Il a rapidement compris que Jérôme Duroc ne pouvait pas sentir son beau-père et a vu là une formidable opportunité de s'enrichir.

Par le fils Jérôme, il a su que madame Pietroni haïssait son époux car ce dernier la trompait. De surcroît, elle ne pouvait plus recevoir son fils à Marseille. Louvin a donc proposé à Duroc de spolier deux fois Ange Pietroni. En faisant en sorte de récupérer au nom du fils la société créée par Pietroni et en récupérant la filière drogue créée par Blacher, qui permettait à Pietroni de toucher sa petite commission au passage. Bref, en le faisant condamner lourdement au pénal… tout en le ruinant complétement…

_ (Lagrange) C'est donc par le truchement de Blacher que Louvin a appris l'existence de toute la bande, les Alvaro, Ozuk et Janvion.

_ (Venturi) Oui. Dès lors, Louvin, recruté de façon informelle par Duroc début 69, a ourdi un plan machiavélique. Je peux mettre vous dire que tout s'est mis en place, quelques mois plus tard, à compter de novembre 69. Il suffisait de consulter les contrats de tout le monde. À cette date, Louvin a d'abord recruté Mathieu Gensbittel, dont il savait parfaitement que c'était un ex-avocat véreux. Son rôle futur : Se substituer à Ozuk, en temps voulu. Un mois plus tard, il a recruté à la fois Verlinden, qui est un véritable clown de profession, au chômage à l'époque, et les frères Zemkine, dont l'un est connu du consulat de Russie après être entré tout à fait légalement en France, au printemps 69. Comment Louvin a-t-il connu les Zemkine ? L'enquête à venir le dira… mais l'un des frères Zemkine s'étant déclaré saltimbanque, il connaissait peut-être Verlinden. Durant trois mois, et sur ordre de Louvin, Verlinden et Zemkine vont enseigner aux deux autres les techniques pour devenir un bon clown faisant rire les enfants.

C'est bien la seule période où ils vont s'entraîner. Fin avril 1970, sous le nom de « Trio Vecchio » les clowns vont se faire alors engager par Vendanza. Grâce au cirque, nos quatre malfrats pouvaient désormais se couvrir mutuellement, comme « *monsieur Durant* » finalement.

_ (Lagrange) Mais ce n'était quand même pas écrit d'avance cet engagement ?

_ Mais si ! Louvin avait tout prévu. À l'époque, un mécène a donné cent mille francs à Vendanza, à condition que ce dernier engage le « Trio Vecchio ». Une belle somme que Vendanza, toujours ric-rac, n'a pas refusée.

_ (Lagrange) Et j'imagine que ce mécène est Jérôme Duroc ?

_ (Venturi) Gagné monsieur le juge ! Louvin ne fut que l'intermédiaire. Il a fait du gringue à Vendanza en lui mettant cent mille balles dans la poche.

_ (Lagrange) Mais comment vous avez su tout ça ?

_ (Venturi) En faisant mon métier, monsieur le juge. En avril dernier, j'ai été voir le comptable du cirque et je lui ai demandé, en le menaçant d'un contrôle fiscal, comment s'était passé le recrutement des clowns. Il a craqué assez facilement… Les cent mille francs n'ont jamais été officiellement comptabilisés ! j'ai eu de la chance. Cet homme était trouillard ou honnête selon…

_ (Lagrange) C'est passionnant votre histoire. On dirait un bouquin policier. Continuez de tourner les pages, commissaire Venturi…

_ (Venturi) Vous savez, la suite, vous la connaissez. D'avril 70 à juillet 71, les clowns ont joué le jeu pour que tout le monde s'habitue à eux. Mais pour préparer l'arnaque future sur Pietroni, et sur ordre de Louvin, d'octobre 70 à avril 71, les Zemkine ont fait trois casses d'entreprises de taille moyenne, où ils ont surtout dérobé du matériel divers et des métaux, qu'ils ont dû d'ailleurs revendre en contrebande... Le tout signé d'Alpha pour faire connaître le sigle auprès de la police.

Puis, un jour de juillet 71, Louvin a donné l'ordre de passer à l'action. On connaît la suite... le faux cambriolage des Chainier, le vol bidon du portefeuille de Delcourt, le papier accusateur à l'encre invisible pour faire tomber Pietroni. Les erreurs volontaires faites sur toutes ces actions pour entraîner la police vers de fausses pistes, celle d'un trafic de drogue bidon, avec un Leandro blanc comme neige, sans mauvais jeux de mots, et celle d'une entreprise aux comptes « nickel » que l'on pensait à tort maquillés.

_ (Lagrange) Et je reconnais qu'ils ont failli réussir à ce que je vous enlève l'enquête. (en souriant) Vous me faites jouer un mauvais rôle commissaire...

_ (Venturi) Je n'en suis pas si sûr. Ayant cru qu'ils avaient gagné et que j'étais dessaisi, ils ont baissé la garde trop tôt en se débarrassant d'Ozuk dès avril. Ils étaient pressés d'encaisser les dividendes de la captation de la filière drogue de Blacher. S'ils avaient tué Ozuk six mois plus tard, il y a longtemps que l'affaire aurait été classée et que personne ne se serait intéressé au sort de ce minable d'Ozuk, un petit malfrat sans envergure.

_ (Lagrange) Un dernier mot, commissaire. À part Duroc, personne ne vivait grand train. Quel est votre avis sur cette question ?

_ (Venturi) D'abord, je viens de le dire, ils n'ont pas eu le temps de profiter des dividendes de la filière drogue. Ozuk ayant été remplacé par Gensbittel il y a trop peu de temps. Ensuite, je suis certain qu'un gars comme Louvin avait tout prévu. Il aurait imposé que personne ne vive sur un grand pied. Il les aurait convaincus que l'argent liquide devait d'abord être déposé dans des comptes off-shores, puis viré sur des comptes numérotés au Luxembourg ou en Suisse. Mais ils n'ont pas eu le temps de devenir riches !

36) Scrabble gagnant

Le juge Lagrange reprit la parole

_ Permettez-moi de vous dire, monsieur le commissaire, que vous avez mené cette enquête de façon remarquable. Je vous félicite très sincèrement, ainsi que vos hommes ici présents, pour tout ce travail de l'ombre que vous avez mené. Vraiment, toutes mes félicitations. Mais, finalement, vous-même qu'en avez-vous retenu ?

_ Je vous remercie monsieur le juge de vos félicitations qui nous vont droit au cœur. C'est vrai que je me souviendrai de cette enquête. Celle que j'intitulerai d'ailleurs « L'affaire des faux-semblants »

_ (Lagrange) Que voulez-vous dire ?

_ Dans cette histoire, le décideur final était certes, le jeune patron Jérôme Duroc mais l'inspirateur du groupe était bien Patrick Louvin. C'est un joueur de poker de haut niveau, habitué à regarder ses adversaires, leurs failles et à tenter d'anticiper leurs réactions. Dès lors, il n'a pas arrêté de créer des fausses pistes pour égarer la police. Tout ceci a d'ailleurs failli réussir. J'ai longtemps cru que la filière drogue venait du seul côté de Gensbittel et des clowns ne voulant s'accaparer de la HCPI que pour blanchir l'argent du trafic.

Mais ils sont quand même tombés, car si je ne joue pas au poker, j'ai souvent joué au scrabble avec mes filles. En transposant, on peut dire que j'ai posé mes lettres les unes après les autres, construisant ainsi les principaux mots de l'affaire en cherchant à découvrir leur sens véritable et non celui qu'on cherchait à me faire croire.

_ Vous pouvez m'expliquer, car là…

_ Ainsi, selon moi, Louvin a commis trois erreurs. Une première fois quand il m'a servi « *le couple de bon matin témoin du crime* » me mettant ainsi sur la piste du trio Vecchio. J'ai alors écrit « trio ». Une seconde fois quand il a enrôlé un escroc professionnel comme Gensbittel, trop connu des services de police. J'ai écrit « quel rôle ? ». Une dernière fois lorsqu'il s'est acoquiné avec de vrais tueurs qu'il n'a jamais pu contrôler. J'ai alors écrit « dérapage incontrôlé». Ainsi, au lieu que Blacher et Ozuk soient morts d'un simple accident, les Zemkine ont mélangé Marseille et Chicago, faisant peur finalement à tout le monde, ce qui m'a permis sur la fin d'exercer une forte pression sur les autres truands, vite dépassés. Pour finir, j'ai eu également un peu de chance que mon pari final se soit avéré exact. Si Pietroni n'avait pas trempé dans le trafic de Blacher, nous n'aurions pas pu coincer Janvion et on en serait resté à la fausse culpabilité de Pietroni. Voilà monsieur le juge, ce que je retiendrai de toute cette histoire qui nous a donné quand même un peu de fil à retordre…

_ (Lagrange) Que va-t-on faire de Pietroni ?

_ (Venturi) Ah, ça… monsieur le juge, c'est désormais votre problème, certainement plus le mien ! Et d'ailleurs faites mes amitiés, au passage, à maître Alphandéry.

****

TABLE DES MATIÈRES

1) Bonne nuit les petits 03
2) Mise à nu 11
3) L'inconnu du Paris-Nice 15
4) Le contrat 25
5) Faits et (in)certitudes 30
6) Lourdes charges 36
7) Version double 39
8) La face cachée des choses ... 41
9) Saltimbanques................... 49
10) Une mémoire d'éléphant 54
11) Le fil de la pelote............... 59
12) Réorganisations 62
13) De nulle part 65
14) Comptes-rendus 71
15) Des hauts et des bas 77
16) Tous azimuts 85
17) Demi-teinte 88

18) Esquisse de quelque chose 93

19) Examen du paysage 98

20) Décantation 113

21) Équations 119

22) Du concret enfin 123

23) Rue des Mouettes 130

24) À fleurets mouchetés 134

25) Tensions 141

26) Fourmilière 146

27) Faux-semblant 148

28) Un sang nouveau 152

29) Métamorphose des cloportes.... 156

30) La dernière carte 160

31) Le deal 164

32) Sur le grill 169

33) Cuisine et dépendances........... 177

34) Money time 186

35) Clap de fin 192

36) Scrabble gagnant 203